神の植物・神の動物

神の植物・神の動物

—J.K.ユイスマンス『大伽藍』より—

野村喜和夫訳

八坂書房

La Cathédrale (X, XIV)
par Joris-Karl Huysmans 1898

目次

はじめに

本書はユイスマンスの小説『大伽藍』の第十章及び第十四章を訳出したものである。それぞれキリスト教的な植物誌と動物誌とにあてられた章で、小説本体とは別個に読んでも面白く、生き物の捉え方ひとつとっても洋の東西でこんなにもちがうのかと驚かされること必定であろう。とはいえ、小説全体のテーマが、シャルトル大聖堂にその極致が実現されているところの、カトリック的神秘象徴学の探求となっており、訳出箇所もそうした全体像のなかに据えられていることは言うまでもない。そこで、以下に『大伽藍』の概要と作者ユイスマンスのプロフィールを示して、この驚くべき動植物誌の背景を素描しておこうと思う。

なお、全訳ではないが、出口裕弘氏による見事な翻訳があり、概要作成に際してそれを大いに参考にさせていただいたことを付記しておく。

『大伽藍』概要

第一章

主人公の名前はデュルタル。文筆を仕事としているが、カトリックの神秘神学に傾倒し、それと結びついた信仰の道をも模索している。

そんなデュルタルが、吹きすさぶ風と雨のなか、早朝のシャルトル大聖堂を訪れるところから物語は語り起こされる。

まだ暁闇に沈む伽藍の内部に足を踏み入れると、両側から迫る円柱群は石の大森林さながらである。デュルタルはとある椅子に腰掛け、聖母の出現を待つ。まず、煙るような薄明を透かして、数個の巨大な刀身が見分けられた。左右の空間を窺うと、非常な高みに、今度は巨大な武具飾りが認められた。その一部からポンス酒色の炎が生まれ、刀身からはひとりの大きな女が現れた。やがてあらゆるものが明確な形を示しはじめる。刀身とみえ、武具飾りとみえたのはステンドグラスと薔薇窓、女はいうまでもなく聖母マリアであ

シャルトル大聖堂正面全景

北袖廊のバラ窓と五連窓

り、それらが冬の朝の光に燦然と輝き出したのである。

デュルタルはあらためて賛嘆の念に捉えられる。ステンドグラスというのはじつに精巧な照明の仕掛けで、陽の昇るにつれて、画像として聖母マリアの物語が辿れるようになっているのだ。デュルタルもその物語を目で追い、聖母との内密な対話を果たす。シャルトルに来てからの、それが毎朝の個人的な儀式となっているのである。

第二章

それにしても、なぜデュルタルはシャルトルに移り住むようになったのか。以前彼は、トラピスト修道院に滞在してカトリックに改宗したのだが、それからパリに戻って、ある種の精神的貧血の状態に陥ってしまった。修道院のおかげで官能の罪は解消したものの、その代わりに、善行を為したら為したで、それだけ自己満足の罠に捉えられてしまう。パリにいても、おのれに巣くう虚栄と高慢の罪を助長させるだけではないか。

そんな折、敬愛するジェヴルザン神父が転任のためパリを離れて、シャルトルに赴かなければならなくなる。自分はどうしようか。デュルタルは迷うが、「世界で一番美しい大伽藍もあるのですから」という神父の言葉に説得されて、自分もまたシャルトルに移り住み、その大聖堂の美の探求を通してカトリックの神秘をきわめようと決意する。

第三章

神秘神学の第一歩は、大伽藍の起源の探求である。いうまでもなくシャルトルの大聖堂はゴシック様式だが、その起源はどこに求められるのか。さまざまな説があるなかで、デュルタルの夢想は、ふたたび森とのアナロジーに傾く。そうして、ロマネスク様式との比較がなされる。デュルタルの考えでは、ロマネスクは旧約と、ゴシックは新約と厳密に対応する。そして大伽藍とは、旧約と新約が一巻の聖書に総合されるように、大地的なロマネスクの土台に、天空をめざすゴシックが発展的に重なったものなのである。

そんな夢想のあと、デュルタルはジェヴルザン神父の家に夕食に招かれ、そこで学識深いプロン神父を紹介される。三人の会話は、デュルタルの夢想を引き継いで、ゴシック芸術の出生地、伽藍をつくった無名の職人たち、ランスやアミアンといった他の名高い聖堂の欠点などに及び、シャルトル大聖堂の比類のなさを確認するに至る。

第四章

デュルタルはある朝、前々から促されていた地下礼拝堂での早朝ミサにあずかる。まず老司祭が登場する。聖歌隊の少年がひとり付きしたがっている。主祭壇の蠟燭に火が点じられ、「地下の聖母」の立像がぽっと浮かび出る。少年が讃美歌を歌い始める。その姿は、神秘神学に傾倒しているデュルタルの眼には、中世そのままの純潔の幻がいまここに血肉を得ているように映る。それからいよいよ、聖体拝領がはじまった。デュルタルも拝領するが、これまでに経験したことのないような心の充実を感じる。

このあと、例によって例のごとくといった、信仰をめぐるデュルタルの内心の葛藤がいつ果てるともなくつづくが、物語はもう一度地下礼拝堂のことに戻り、そこに鎮座するマリア像が喚起される。黒いマリアだが、みずからそのような形姿をとることによって、神の恩寵にあずかれない人間を慰めようというのだろうと、デュルタルは考える。

第五章

ある日、デュルタルが書斎にこもっていると、プロン神父が訪ねてくる。大聖堂を見に行く約束をしていたのだが、悪天候に足を止められた二人は、伽藍全体の意味について書斎で語り合う。プロン神父によれば、シャルトルの大聖堂には、人間の物質生活も精神生活も含めた大宇宙の一切が包含されており、それを解読するためには象徴学の知識が必要であろうという。神父は、「あるひとつの事柄は、寓意を借りて告示された場合のほうが、専門語で示される時よりも一層表現力に満ち、一層快いものである」という聖アウグスティヌスの説を引き合いに出すが、それを聞いてデュルタルは、マラルメの思想と同じだと思い、詩人と聖者の出会いにある種の感動さえ覚える。プロン神父はつづけて、中世という、人間がもっとも神に近接しつつ生きた時代は、当然のことながら、いわくいいがたい神の神秘を語るのに、象徴言語をこそ用いなければならなかったのだという。

こうして、聖堂という建築のさまざまな象徴的意味が説明される。たとえば塔や鐘楼は魂の上昇を象徴し、聖堂全体はノアの方舟にも通じる一隻の不動の舟、そして窓は神である太陽を通す聖書それ自体、というふうに。

第六章

伽藍のイメージがデュルタルにつきまとって離れない。各地の聖堂の塔のことや、フランスにおけるゴシック建築の歴史などに思念をめぐらしながら、彼はプロン神父を訪ねる。神父の案内によるシャルトル大聖堂探訪を果たすためである。第五章で伽藍の外観をめぐる象徴的意味を語った神父は、今度は伽藍内部つまり身廊が秘めているさまざまな寓意について説明をしはじめる。

まず、フランスの伽藍はすべて十字架の形をしていること。それだけではない。刑架キリストの肉体が擬せられてもいるという。しかしデュルタルは、そんなプロン神父の話も耳に入らないくらい、ストレートな感嘆の思いで大聖堂のあちこちに眼を向けていた。身を軽くし天に向かおうという物質の努力そのもののような穹窿の狂おしげな飛躍、そしてとりわけ火を発する宝石の坩堝のようなステンドグラスの燦々たる輝き。

やがて伽藍を辞する頃には、デュルタルとプロン神父の対話は、ロマネスクとゴシックとの対比へとすすむ。神父によれば、ゴシック神秘神学が火と

大聖堂内部全景

燃え立つ法悦であるとすれば、ロマネスクはより一層内面的であり、静謐であり、ひと言でいえば真に修道院風である。

第七章

ある日デュルタルは、書き上げたばかりのフラ・アンジェリコ論を、二人の神父の前で読み上げる。ルーヴル美術館所蔵のフラ・アンジェリコ作「聖母の戴冠」について論じたもので、大略以下のような内容である。画面に横溢する名高い青を除いて、色彩も人物像も月並みにみえるこの作品が、それでも一個のまぎれもない傑作であるのはなぜか。それは、たんなる画家という以上の、ひとりの神秘家の魂によって描かれているからである。とりわけ聖母の姿がすばらしい。アンジェリコは、聖霊につき動かされるままに、主とその母に対する、絵画史上類例のない真に壮麗な讃歌を造型したのである。

第八章

シャルトルに来てからはじめて、突然デュルタルは、極度の倦怠に陥ってしまう。ひとつは自分自身に対する、もうひとつはこの地方に対する倦怠である。デュルタルは、シャルトルでの暮らし、つまり静かな環境で瞑想的な生活を送るのならば、修道院に入るのと同じ価値があると思っていたのだが、事情はまったくちがって、田舎町の空気に染まって中途半端な信仰生活を送る未来があるだけなのである。

挫折である。デュルタルは悔恨し、悩み、自分自身との果てしない闘いに明け暮れるようになる。

そんな折、ジェヴルザン神父に相談すると、もっと現実的な解決策、つまりトラピスト会ほど戒律のきびしくないベネディクト会のソレームの修道院に入ってはどうかとすすめられる。プロン神父が紹介状を書いてくれるはずだというが、あいにく神父はそのソレームに出かけており不在で、戻ってくるまでのあいだ、デュルタルは、もう一度大伽藍という石のテクストを自分なりに解読してみようと思い立つ。

第九章

シャルトル大聖堂という建築作品は、外観からすると三つの部分、具体的には三つの大きな扉口に大別される。そのうちの西正面扉口、いわゆる王の

西正面中央扉口

扉口がまず解読の対象となる。この栄光のファサードは、伽藍という書物の第一章でもあり、それだけで建物全体を要約しているはずである。

柱頭に刻まれた彫像群が語るキリストの物語。三幅対の絵屏風のようになった扉口には、それぞれ、キリスト昇天図、マリア祝捷図、そしてキリスト祝捷図。その大作の重要性もさることながら、とりわけ彫刻家がその技量を示したのは、扉口の側壁部分の人像円柱群ではないだろうか。これこそ、世に存在するもっとも美しい彫像というべきだ。群像は七人の王、七人の預言者あるいは聖者、そして五人の王妃から成り立っている。なかでもデュルタルを惹きつけてやまないのは、五人の王妃の立像であって、その一体一体がつぶさに検討される。しかしそれでもなお謎は残り、魅力はつきない。デュルタルが思うに、これらの女王たちは生身の姿をしてはいるものの、超地上的な存在であり、そのかぎりにおいて、大伽藍と見事な調和の関係になる。なぜなら、この伽藍こそ、石の肉体から解き放たれて、恍惚とした飛翔のうちに地上高く伸びているからである。

こうした作品を彫り上げたのは一体どんな人たちだったのだろうか。デュルタルはある感動的な中世の記録に思いを馳せる。それは、数度にわたる大火災のあとに、黒の聖母に捧げられたこの大聖堂が、敬虔な人々の努力によっていかにして再建されたかを物語っている。そうした献身に対して、聖母は、今なおかぎりない謝意の念を示そうとして、この聖堂をあまねくみずからの面影で満たしているのではあるまいか。

第十章（本書）──『神の植物』

第十一章

デュルタルは書斎で、十四世紀のとある真率な祈禱集を繙きながら、それにつけてもと、昨今のカトリックの堕落と無知蒙昧ぶりを思う。その怯懦な保守の姿勢は、かつては芸術文化の母胎だった教会を無用の容器にしてしまった。裸体に対する態度ひとつにしても、現代のカトリック教会は、春本春画の類と真正の芸術作品との区別すらできないのである。

そんなことを思いながらデュルタルは伽藍に着き、プロン神父とともに、北側面の扉口を仔細に見て回る。北側面は聖母に捧げられている。三つの扉口があるが、左側には受胎告知と聖母訪問とキリスト降誕が、中央には聖母

北側面中央扉口

被昇天と聖母戴冠がそれぞれ示され、右側にはさまざまなマリア像が彫られている。入り口の隅切部分に並んで立つ十個の長大な立像は、救世主の原型となった諸人物、あるいは救世主の降誕や死や復活を預言した人々で、左側がメルキゼデク、アブラハム、モーセ、サムエル、ダビデ、右側がイザヤ、エレミア、シメオン、洗礼者ヨハネ、聖ペテロ。

しかしこれらが束になっても、王の扉口の芸術、かくも生気にあふれ、かくも神秘の影の深いあの芸術には遠く及ばないとデュルタルは判断する。

夕刻、プロン神父と別れたデュルタルは、寝台に横になって、北側面のファサードをざっと復習してみる。要するにそこには旧約聖書の世界が画像として展開されているわけだが、そのうちにデュルタルの頭の中でも、呪詛と血と苦難にみちたユダヤ民族の全歴史が旋転しはじめる。それはキリストによる贖罪の物語を前もって準備しているのだ。

第十二章

大伽藍の象徴学ともいうべき、聖堂の外貌が秘めている真の意味の探索は、強くデュルタルの心を惹き、しばらくの間内心の暗闘を忘れさせてくれたが、ひとたびそこから離れると、とたんに一切が逆戻りしてしまう。もういい加減白黒をつけたらどうかというジェヴルザン神父の催促もあって、僧院に行くべきかシャルトルにとどまるべきか、またもや果てしもない是と非のフーガが始まる。

そこへ、願ってもない気晴らしがもたらされる。フラ・アンジェリコ論を掲載した雑誌の編集長から、別の原稿依頼が飛び込んできたのである。

さて何を書こうか。デュルタルは、ドイツ・プリミティヴ派の画家たちの考察をものそうと考える。

まずケルン派の画家たちには神秘性が欠如している。ドイツ宗教絵画の真髄はむしろ、グリューネヴァルトの荒々しさの中にある。イタリアの特徴は、大画家ボッティチェルリがそうであるように、異教との混淆だ。こうしたわけで、なんといっても宗教絵画の最高峰は、フランドルのプリミティヴ、とりわけロジェ・ヴァン・デル・ヴァイデンである。だがルーベンスにいたると神秘の画相は薄れ、レンブラントによる異様なキリスト教的美学の発現はあるにせよ、その亡き後は、芸術における宗教的刻印はひたすら失権の道をたどるのみである。

しかしいずれにしてもこの仕事は面倒だ。もっと簡単な主題はないものだろうかと、デュルタルはまたあれこれと考え始める。

第十三章

単調な日々を紛らわそうと、デュルタルはシャルトルの町はずれの、古いサン・マルタン・オー・ヴァル教会を訪れる。その足でシャルトル大聖堂に舞い戻り、このたびは内部のステンドグラスにつくづくと感嘆の眼を向ける。おそらくステンドグラスこそは、人間だけでは決して成就することのできない芸術ではなかろうか。ただ神のみが、陽光をもって色彩を目覚めさせ、描線に命を吹き込むことができるのであるから。

つぎにデュルタルは、内陣の彫像群を見て回り、それから身廊の迷宮を踏んで列柱玄関に戻ると、立ち去る前にもう一度振り返って、光り輝く伽藍の全景を眺めた。すると壮麗なこの大伽藍が、神秘の道を歩む魂そのもののようにみえる。魂は身廊の小暗い道、つまり悔悛の生活と翼廊の瞑想的生活を経て内陣へと至り、神との融合へと迫ってゆく。そしてこの魂の上昇は、ステンドグラスの天使や使徒たちから、いわば援護射撃を受けるのだ。

第十四章（本書）――『神の動物』

第十五章

ソレームの修道院に入る時期が刻々と近づき、デュルタルの内心の葛藤はますます烈しさを加えてきた。彼はなんとかそれを凌ごうと、中世キリスト教動物誌との関連から、大聖堂南側面の動物と悪魔の群像を検討してみようと思い立つ。

だが、美徳と悪徳の寓意は、ここでは動物よりもむしろ人間の姿を借りて示されている。動物誌は思いのほか貧しいのだ。デュルタルは南側面扉口の方に眼を移すが、ここでもがっかりさせられてしまう。中央扉口は尖頭式のティンパヌムで、最後の審判の情景を描き、左扉口は殉教者たちを、右扉口は十二使徒以外の聖者たちの姿を刻んでいるが、ブールジュやランスの聖堂のそれに比べると見劣りがするのである。シャルトルの聖堂自体のなかにあっても、西正面や北側面と比較すると、問題にならないくらい出来が悪い。

それはともかくとして、これまでの解読作業の一応の結論を出しておこう

南側面中央扉口

とデュルタルは考える。すなわち、シャルトル大聖堂の外壁全体は三つの言葉に要約できる。キリストへの最高礼拝（ラトリー）、聖母特別崇敬（イペルデュリー）、そして聖徒天使崇拝（デュリー）だが、ラトリーが西正面扉口、イペルデュリーが北側面扉口、デュリーが南側面扉口にそれぞれ相当する。

第十六章

終章である。

いよいよデュルタルが、プロン神父と一緒にソレームに出発する日がやって来た。汽車の時刻を待ちながら、デュルタルは雨の伽藍に向かう。内陣の奥に入って椅子に腰を下ろすと、そのまま沈思に耽った。

まず、自分の過去現在未来について思いをめぐらしてみる。パリでのデュルタルは芸術と神秘神学と典礼とグレゴリオ聖歌を熱愛していた。その後トラピスト修道院に入って、体験的行動的に神秘神学を学ぶことになった。そして現在。シャルトルに来たデュルタルは、大聖堂の壮麗さに心を奪われ、学識あるプロン神父のサポートも得て、それまでは典礼書の言葉でしか知らなかったことを、さまざまな画像や彫像を通して、つまりは象徴を通して、伽藍自体からじかに学ぶことができた。未来はといえば、ソレームの修道院に入れば研究の総仕上げをすることができるし、総合的な宗教的象徴学を自分なりに打ち立てることができるかもしれない。

中世の人々にとって、地上に在るものはすべてなにものかの象徴であり、目に見えるものはすべて、そのなかに覆い隠されている目に見えないものによってこそ価値があった。そうして天と直接に関係を結び、死の向こう側へと抜け出ようとしていた。

ところが、こうした神秘神学は、ルネッサンスの到来とともに衰微してしまった。宗教建築も同じことである。その意味でシャルトル大聖堂は、中世が残してくれた最高の芸術表現であるといえる。自分はそれに親しく接することができたのだとデュルタルは思う。そのすらりとした容姿のよさと、高みに飛翔しようとする跳躍の姿勢は、ほかのどの伽藍にもない。それは聖母マリアの繊細な体つきそのままだ。そしてステンドグラスの比類のなさ。だが極めつけはやはり、あの王の扉口ということになろう。これほど美しく、これほど超地上的な域に達し得たものが、ほかにあろうとも思えない。

こうしてデュルタルは、名残惜しげに大聖堂をあとにし、ジェヴルザン神

シャルトル大聖堂遠望

父とパヴォワル夫人に別れを告げに行く。シャルトル大聖堂はそのすみずみまで聖母マリアへの讃歌だと讃えると、うれしくなったパヴォワル夫人は、デュルタルの後ろ姿に、合掌しつつ「マリア様のご加護」を祈る。

神の植物

（『大伽藍』第十章）

ある朝、デュルタルは、プロン神父を探し始めた。自宅にも大聖堂にもその姿は見あたらず、そのあとようやく教会の番人から教えられて、聖歌隊が使っているアカシア通りの隅の家に向かった。

半開きになった正門をくぐると中庭に出たが、そこは腐った手桶や瓦礫でいっぱいだった。奥に位置する建物の壁は、いわば漆喰の皮膚病にやられていて、レプラのように蝕まれたところや、ダマスク織り風の疥があったりする。そして上から下まで亀裂が走り、古い壺の琺瑯引きの蓋のようにひびだらけであった。葡萄の古木の枯れかけた幹が、正面の端から端まで、黒い木質のねじくれた枝をひろげている。デュルタルはガラス窓から中を眺めた。そこは共同寝室で、ずらりと並んだ簡易ベッドの列があり、その下には、これもきちんと並べられた揃いの壺があった。彼はびっくりしてしまった。こんなに小さなベッドは見たことがなかったし、またこんなに大きな便壺も見たことがなかったからである。

ふと気づけば部屋のなかに少年がいる。デュルタルは窓ガラスを叩いて呼び、プロン神父はまだこの家にいるかどうか尋ねた。召使いのその少年は手振りでいると答え、デュルタルを控えの間に案内した。

その部屋は安ホテルの帳場に似ていた。どことなく抹香臭い。部屋のなかには、赤魚のバラ色がかった肉のような色をしたマホガニーの机がひとつ。そのうえに飾り植木鉢が置かれているが、花は植えられていない。管理人用の耳カバー付きの肘掛け椅子。点々と蠅のたかった聖人像で飾られた暖炉。それを塞ぐ屏風の壁紙には、ルルドのマリア出現を讃える絵が描かれている。壁には、番号付きの鍵がたくさんぶらさがった黒い木枠が掛けられているが、その対座に、一枚の多色刷り石版画がみえた。描かれているのはキリストで、心優しそうに、黄色いソースの流れ出したなかで血を滴らせている生焼きの心臓を指さしている。

だが、ご当人が復活祭に聖体拝領をするようなこの管理人室でいちばん変わっていたのは、吐き気を催すようなある強烈な臭い、ひまし油の臭いだった。

この悪臭に気分が悪くなったデュルタルが、もう退散してしまおうと腰を上げかけたところへ、ようやくプロン神父が入ってきて、デュルタルの腕を取り、ふたりは外に出た。

「では、ソレームに行って来られたのですね。」

「ええそうですよ。」

「ご旅行は満足のいかれるものでしたか。」

「最高でしたよ」と神父は言って、微笑んだ。デュルタルの口調から、苛立ちの湧き起こるのが感じられたからである。

「で、その修道院はいかがでしたか。」

「訪れるだけのことはあると思いましたね、修道院制度という見地からも、芸術的見地からも。ソレームは大修道院ですし、フランスにおけるベネディクト修道会の総本山ですからね、それに、付属の修練所もにぎわっています。でも、ほんとうは何を知りたいんですか。」

「何って……ご存じのこと全部ですよ。」

「よろしい。それではと、まずご報告しておきたいのは、この修道院においては、教会芸術がその頂点に達していて、それはもう魅了されてしまうということですね。ソレームを訪れなければ、典礼やグレゴリオ聖歌の至高のすばらしさというものは誰も感得できません。ノートルダム・デ・ザールがえり抜きの内陣を有するとすれば、それは間違いなくそこにありますよ。」

「礼拝堂は古い時代のものですか。」

「古そうな教会の一部が残っています。「ソレームの聖人たち」という名高い彫刻もあって、十六世紀にまでさかのぼれます。残念ながら後陣には嘆かわしい窓ガラスのついていて、聖ペテロと聖パウロのあいだに挟まれた聖母像が描かれていますけど、あれは、まったくもってけばけばしさのかぎりを尽くした近代のガラス製品そのものです。でもいったい、どこに行けば本来のステンドグラスが手に入るのでしょうね。」

「どこにもありませんよ。最近出来た教会に行って、壁にはめ込まれた聖人画の窓ガラスを検分すれば、絵画の題材のようにステンドグラスの厚紙を造り上げる画家たちの相も変わらぬ愚かしさというものがわかります。なんという題材、なんという絵でしょう。低俗なガラス張り職人によってすべてが粗雑に造られてしまっています。彼らの手にかかると、ガラスの薄い葉が身廊に紙玉をちりばめ、あらゆる方角に色つきの水玉模様を投げかけるというふうですから。

まったく、シトー派の色なしのステンドグラスの仕組みを受け入れるほうがまだしも簡明ではないでしょうか。その装飾は鉛の枠を網状に組むことで得られたものでした。あるいは、ブールジュやランス、それからこの大聖堂でもまだ残っていますけど、時の経過とともに真珠のような光沢を得るあの美しいグリザイユの方法をまねるとか。」

「それはそうですけど、さきほどの修道院に話を戻すなら、繰り返しますが、ほかのどこにもあれほど壮麗にミサを執り行うところはありません。大祭の日にぜひご覧になるとよいでしょう。想像してもごらんなさい。祭壇の上はふつうは聖櫃《せいひつ》が光を放っているわけですが、それがなんと、司教の持つ杖にとまっていた鳩が、香の雲のなかへと翼を広げて飛び立つのです。つぎに、僧兵の一団が、一糸乱れぬ荘重な足取りで進んできます。司祭は立って、宝石をちりばめたミトラ帽で額を飾り、手には白と緑の象牙の杖。引き裾のさきを雑用係に持たせて前にすすみはじめると、長袍祭服の黄金は蠟燭の火に輝き、オルガンの音の奔流はありとあらゆる声を巻き込んで、詩篇朗誦の苦しみの叫びもよろこびの叫びもことごとく穹窿のほうへと運び去るのです。

すばらしいですよ。それはもう、フランチェスコ派やトラピスト派において行われているような、贖罪を求める謹厳なミサという代物ではありません。

神のための豪奢、神がお造りになった美であり、その美は神のお気に召すままに、おのずからひとつの讃美、ひとつの祈りとなるのです……でもまあ、教会の歌がその全き栄光において光り輝くさまをご覧になりたいなら、とりわけ、隣接の大修道院、サント・セシールの修道女たちのところに行くのがよいでしょう。」

神父は立ち止まり、ひとりごとを言いながらなにやら思い出そうとしたあと、ゆっくりとまた話し始めた。

「まあそれでも、修道女の声というのは、まさに女性であるがゆえに、ある種のもの憂さといいますか、ついつい切なく歌ってしまう傾向はありますよね。そればかりか、聞かれているとうすうす気づいている場合には、むしろ積極的に聞いてもらいたいという気持ちになることもよくあるようです。ですから、グレゴリオ聖歌が全曲尼さんによって歌われたということはただの一度もないわけです。しかし、サント・セシールのベネディクト派修道女たちにおいては、そういう俗っぽいお涙頂戴式は影をひそめています。あの尼僧たちの声はもう女性のではなくて、天使的でもあり同時に男性的でもあるような声なのです。あの教会で彼女たちの歌を聴いていると、どこか遠い時代の奥底に投げ返されたような、あるいは遠い未来の方に投げ出されたような気持ちになります。彼女たちの歌には魂のほとばしりや悲愴な休止があり、心なごんでつぶやくかと思えば、情熱の叫びを上げます。ときには攻撃に打って出て、敵の銃剣から聖詩篇の数節を奪い取るようにみえることもあります。そう、この地上から天上の無限へと、夢見られうるもっとも激しい跳躍を実現しているのです。」

「そうすると、パリのあのムッシュー通りのベネディクト派のとは別物ということになりますね。」

「くらべものになりません。もちろん、実にきちんと歌うあの善良な修道女たちの音楽的な誠実さを否定するつもりはありませんが、でも人間の声、女の声なのです。断言してもいいですが、彼女たちにはソレームの修道女たちのあの技芸もなければあの魂の抑揚もなく、あの声もありません……ある若い修道士の言葉を借りれば、ソレームの修道女たちの歌声を聴いてしまうと、パリのはなんとなく……そう、田舎臭く思えると。」

「で、サント・セシール女子大修道院長に会われたわけですね。でもたしか」とデュルタルは記憶をたどった。「その人は『祈禱概論』の著者ではありませんか。以前トラピスト大修道院でぱらぱらとページをめくってみたことがあります。でも、バチカンではあまり評価されなかったように思いますが。」

「たしかに彼女が書きました。ただ、その本がローマではあまり歓迎されなかったとお思いのようですが、それはとんでもない勘違いです。この種のあらゆる著作と同じように、それこそ一字一句微に入り細を穿つように検証されました。意地悪く裏の裏まで透かすようにです。しかしながら、宗教税関ともいうべき任にある神学者たちは、この著作が神秘神学のもっともたしかな原理に基づいて構想されたものであり、それ故、学識上はもちろん、どこからどこまでゆるぎなく、狂おしいまでに正統であることを認証したのです。

付け加えさせていただくなら、この書物は女子修道院長みずから、何人かの尼さんの助力を得て、修道院内の小さな手押しの印刷機で刷り上げたものなのですが、一度も市場に出回ったことはありませんでした。要するに、彼女の教義の要約、彼女の授業の精髄なんですね。ですから、この本の読者に想定されているのは、とくに、ソレームから遠く離れたところにある修道院、それも彼女が建てたものなのですが、そういうところに住んでいるがゆえに、彼女の教えや講演を直接聴くことができない娘たちなのです。

いいですか、ベネディクト派修道女たちはもう十年ものあいだラテン語を学んでいますし、そのうちの多くがヘブライ語やギリシャ語を翻訳し、聖書解釈におけるエキスパートになっています。また別の者はミサ典礼書のページに素描を施したり絵を描いたりして、いにしえの彩色挿絵師の芸術を甦らせています。さらには、マザー・ヒルデガルトのごとき、第一級のオルガン奏者もいます……となれば、たぶんあなたも思わざるをえないでしょう、そういう人たちを動かし、導いている女性とは、修道院内に神秘勤行と宗教芸術の学校を創設してしまう女性とは、それはもう並はずれて非凡な人物であると。いや、浮ついた帰依と無知蒙昧な信仰心ばかりがはびこるこの時代ですから、言ってしまいましょう、それこそ二人といない人物であると。」

「まったく、中世の偉大な女子修道院長という感じですね」とデュルタルは声を大きくして言った。

「彼女はドン・ゲランジェの傑作ですね。彼はまだ子供といっていい彼女を引き取って、その魂を練り上げ、それをまた長い時間をかけて粉にしました。それから特別な温室に移植し、神のもとでのその成長を毎日見守ったのです。そうした周到な栽培の結果が、あなたもご覧の通りの、あのお方というわけです。」

「ええ。でもやはり、修道院という場を怠惰のたまり場に変え、狂気の貯蔵所にしてしまう人もいるわけですよね。そういえば、修道女はラテン語の字面をただ追っているだけで何も理解していないとか何とか、無知蒙昧な輩が書きつけています。そういう連中にはせいぜい、あの女性たちと同じくらいに良きラテン語学者であってほしいと願うだけですが。」

神父は笑みを浮かべ、「まあ要するに」とつづけた。「グレゴリオ聖歌の秘密がそこにあるわけです。朗誦する詩篇の言葉をただ覚えているというだけではだめで、よりよい歌の表現のためには、詩篇のその意味、ラテン語訳の聖書ではしばしば疑わしい場合もあるのですが、その意味も把握しておかなければなりません。熱意と学識が伴わなければ、声なんかなにものでもないのです。

声というのは、世俗音楽の楽曲を歌うかぎりは、すばらしくもなりましょう。でも、単旋聖歌のありがたい章句にいどむやいなや、取るに足らぬものとなるのです。」

「で、神父の方々のほうは、何に取り組まれているんですか。」

「あの人たちはですね、まず典礼書と教会の歌の復刻から始めました。それから、すぐれた象徴学者や勤勉な聖人たちの失われたテキストを探し出して、注意深い注釈で飾りながら、『随想集』や『詞華集』としてまとめました。現在はというと、音楽関係の古文書学を書いて印刷していますが、それはこの時代のもっとも学識ある、もっとも炯眼《けいがん》にみちた刊行物のひとつです。

しかし、ベネディクト修道会の使命が、もっぱら古い写本をあさったり、いにしえの聖歌集や文書を復刻したりすることにあるとあなたが思われるとしたら、それはちょっとちがいます。おそらく、なんらかの芸術において才を恵まれた修道士というのは、神父の許しがあれば、その芸術に専心することになり、その場合、規律も形式的なものとなります。でも、聖ブノワ（聖ベネディクト）の息子たるものの生きる目的、そのほんとうの目的は、聖詩篇を頌し、あるいは神への讃美を歌うことなのです。おのれがあの世でなすはずのことを現世で修業すること、主の栄光を、主みずからが吹き込まれた言葉を用いて、主みずからがダビデ王や預言者たちの声を通して語られた言語でもって讃えること、これなのです。日に七回、ベネディクト修道士はあの黙示録の老人たちの務めを果たすのです。聖ヨハネが天空において示し、また中世の彫刻師たちが、ここシャルトルにおいても、楽器を奏でながら彫り込んだあの老人たちの務めをです。

まあ要するに、ベネディクト修道士たちの特別な役割というのは、古ぼけた時代の埃のなかに埋葬されることでもなければ、もろもろの罪や他人の苦しみを我が身に引き受けたり、カルメル修道会修道女やクララ会修道女のように、純然たる苦行の命令に従ったりすることでもありません。ベネディクト修道士の使命とは、天使のミサを遂行することなのです。それは歓喜と平安にみちた仕事です。あの世での大赦という相続財産の先渡しといいましょうか、純粋な霊たちの営みにもっとも近づいた営み、つまり地上にありながらもっとも天上に近い営み。

この職務をよく果たすためには、熱烈な信仰心はもとよりとして、そのほかに、聖書についての深い学識と芸術への洗練されたセンスとが必要となります。真のベネディクト修道士は、ですから、同時に聖人でもあり学者でもあり芸術家でもあらねばならないのです。」

「で、ソレームではどんな日課になっているのですか」とデュルタルは訊ねた。

「とても一貫していて、とてもシンプルですよ。朝の四時に朝課と賛課、九時に三時課と六時課、正午に正餐、四時に九時課と晩課、七時に夜食、そして八時半に終課と就寝。これでおわかりのように、八定時課と食事のあいだに、たっぷり瞑想と仕事の時間があるというわけです。」

「で、献身修道会士は？」

「どんな献身修道会士です？　ソレームではみかけませんでしたが。」

「はあ。でもまあ、いるとしても、神父たちと同じ生活をしているわけですね。」

「もちろんです。ただし、大修道院長の思し召しによっては、多少ゆるいところはあるかもしれませんが。私が言えるのは、私が知るかぎりのほかのベネディクト派修道院では、決まりはこんなふうになっているということです。つまり、献身修道会士は、おのれのなしうるところの戒律に従う。」

「でも、察するところ、移動やふるまいの自由はあるわけですね。」

「修道院長のまえで服従を宣誓し、修練期を経て修道衣を身にまとった瞬間から、献身修道会士は他の者とひとしなみに修道士なのであり、修道院を出てからも、大神父の許可なくしてはもはや何ひとつ事をなすことができないのです。」

「いやはや」とデュルタルはつぶやいた。「要するに、世間で流れているあの愚かしい比較がほんとうだとするなら、つまり修道院というところは墓穴にもなぞらえられるべきだとするなら、献身修道会士制度というのはさらにその墓穴をふやすようなものではありませんか。救いは、仕切り壁がそれほど密ではなくて、半開きの蓋からは陽も少し射し込んでくるというぐらいですか。」

「まあそうかもしれませんね」と、笑いながら神父は答えた。

二人は打ち解けて語らいながら、司教館のそばまでたどり着いた。中庭に入ると、庭園のほうに向かうジェヴルザン神父の姿が目に入った。そのまま合流して、この老神父に案内されるまま、菜園まで随行する。老神父は、家政婦の労をねぎらうために、彼女が種を蒔いた野菜の出来を確かめたく思ったのだ。

「実はちょうど私も、もうずいぶん前から、今度じっくり野菜の出来を拝見しますと彼女に約束していたんですよ」とデュルタルが大声で言った。

一行は古い小道をよぎって、下方にひろがる果樹園に達した。すると、それを目にとめたバヴォワル夫人は、すぐさま、鍬を土に突き刺してその鉄の部分に足を乗せ、庭師にとってのいわば控え銃の姿勢をとった。

ニンジン、キャベツ、タマネギ、エンドウマメ、それらの苗を誇らしげに示したのち、彼女は、ウリ科のほうにも栽培の手をひろげるつもりだと伝え、キュウリやカボチャの話に我を忘れ、締めくくりに、いずれは菜園の奥のほうに花栽培のための場所も確保するつもりだとのたまわった。

一行はベンチのような形をした塚の上に腰を下ろした。

生来のからかい癖が出たのだろう、プロン神父は、鼻からずり落ち加減の眼鏡のアーチを元に戻し、手を浮かしながら、真顔そのものでつぎのように言った。

「マダム・バヴォワル、花や野菜は、装飾的および食用的見地からすれば取るに足らないものです。何を耕作なさるかの選択においてあなたを導くべき唯一の原理、それは植物に付与された美徳や悪徳といった象徴的意味です。しかるに、どうもあなたの教え子たちは、おおむね嘆かわしい兆しをみせているようですねぇ。」

「何をおっしゃっているのかよくわかりません、助任司祭さま。」

「あなたが選んだこれらの植物には、どれも不吉な兆しがみられるということですよ。レンズマメはありますか。」

「はい。」

「いいですか、レンズマメというのは陰険で暗鬱な種を宿しています。アルテミドロスはその『夢の解釈』のなかではっきり述べていますぞ、レンズマメの夢をみたら近々葬式が出る前兆であると。レタスやタマネギも同様で、破局の前触れとなります。エンドウマメはもっとたちが悪いが、なかんずく、あのコリアンダーには、ペストのごとくに用心しなければなりませんよ。その葉っぱは南京虫の臭いがしますが、むべなるかな、コリアンダーはありとあらゆる災いを招き寄せるのです。

反対に、マケール・フロリドゥスによれば、タイムはヘビに噛まれた傷を癒しますし、フェンネルは女性における血のめぐりを活発にします。また、ニンニクは、空腹時に食すれば、知らない土地の水を飲んだり環境が変わったりしたときに陥りやすい呪いから身を守ってくれますからね。いっそ、牧草地をまるごとニンニク畑にしてしまいなさいよ、マダム・バヴォワル。」

レンズマメ

コリアンダー

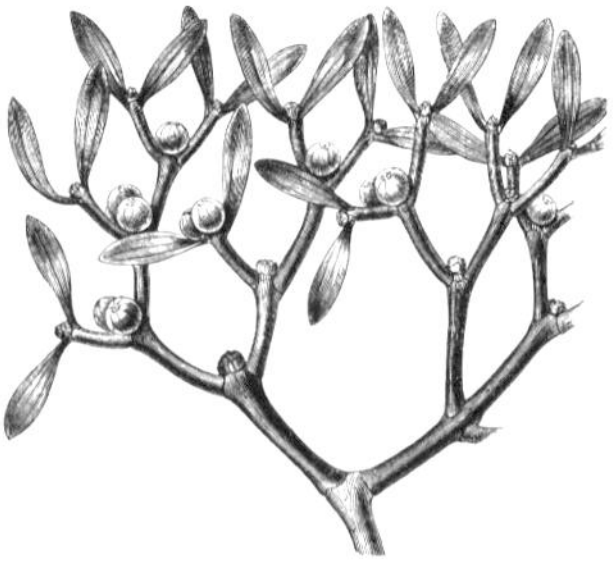

ヤドリギ

「そんなことをしたら、神さまに叱られますよ。」

「あなたにはまた」とプロン神父は重々しくつづけた。「聖トマス・アクィナスやアルベール・ル・グラン（アルベルトゥス・マグヌス）といった方々の書物を読んで啓発されるのもよいでしょう。アルベール・ル・グランの手になるとされる、それはたぶん間違いですが、ともかくそういう草の霊験や世界の驚異や女性の神秘についての論文のなかで、彼はいろいろと着眼を披瀝していますけど、あながちそれも捨てたものではないと、そう私は思いたいですね。

だって彼ではありませんか、オオバコの根が頭痛や潰瘍にとてもよく効くことを明らかにしたのは。そればかりではありません。彼によれば、オークの木のヤドリギを使えばあらゆる鍵が開けられます。クサノオウを病人の頭に貼れば、死病の場合にはそれが歌いだします。バンダイソウ（センペルヴィウム）の搾り汁を手に塗れば、熱した鉄を掴んでも火傷しません。ミルトの葉で首輪を編めば、背教ということがあまり起こらなくなります。さらに、ユリの花を粉末にして若い娘に服用させれば、その娘が処女かどうか、たちどころにわかります。なぜかというと、娘が処女でない場合は、飲み下した

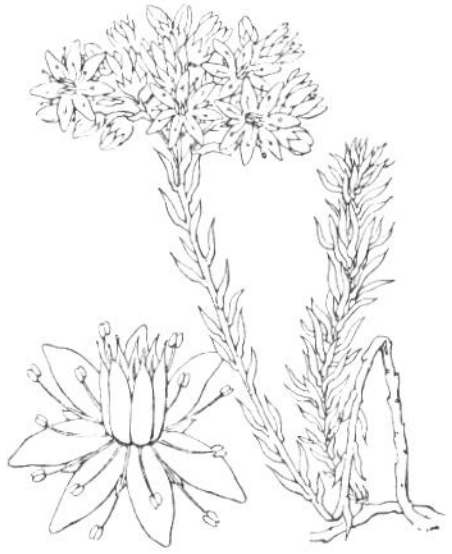
バンダイソウ

ミルト

とたんに、ユリの粉末は利尿作用という抗しがたい薬効を発揮せしめるからです。」

「ユリにそんな特性があるなんて、驚きですね」とデュルタルは笑いながら言った。「でも、同じアルベール・ル・グランがゼニアオイにその特性を認めているのは知っていましたけどね。その場合、試される娘はこの花の残滓を飲み下す必要なんかないんですね。ただ花のうえに立っていればいいんです。それだけでもう、動かぬ証拠が得られます。すなわち、もし処女なら、ゼニアオイはずっと乾いていなければならない。」

「ご冗談を！」ジェヴルザン神父が叫んだ。

家政婦のほうは、当惑しきった表情で地面をみつめていた。

「そんなまじめに受け取らなくてもいいですよ、マダム・バヴォワル」とデュルタルは言った。「私にはもうひとつ、薬学的でなくてもっと宗教的なアイディアがあるんですから。それはですね、典礼書に出てくる全植物といろんな象徴となるマメ科植物を栽培すること、神の栄光を讃え、われわれの祈りをその特有の表現法に乗せて神に届けてくれるような、まあ一言で言えば、賛美歌に出てくるあの燃えさかる火のなかの三人の若者の目的にもかなうよ

柱頭を飾るいろいろな植物(抽象化されていて植物名はわからない)

うな庭園と菜園を、丹精こめてつくることなんです。あの三人の若者は、吹き荒れる嵐の息吹から野に埋められた種の最後の一粒にいたるまで、全自然を促して主を祝福せしめようとするわけです。」

「それはいい」とプロン神父が叫んだ。「だがしかし、その場合には広大な土地が必要となりましょう、なにしろ聖書に出てくる植物だけで一三〇種は下らないのですから。中世になってあらたに意味を付与された植物を加えれば、その数は膨大となります。」

「それに」とジェヴルザン神父が言った。「その庭園はわれらが大教会堂に属しているのですから、その柱頭に彫り込まれた植物も再現したほうが公平というものでしょう。」

「その植物というのはよく知られたものですか。」

「ランスの大聖堂の柱頭に彫られた植物もそうですけど、図録が作成されたことは一度もありません。というのは、ランスの大聖堂に描かれた植物はソビネ氏によって丹念に分類整理されましたが、不思議なことに、柱頭に刻まれた植物はどこでも同じようなものなのです。十三世紀に建てられたどの

聖堂扉口を飾るアカンサス模様

教会に行っても、出くわすのは、ブドウ、オーク、バラ、キヅタ、ヤナギ、ゲッケイジュ、シダ、イチゴ、そしてキンポウゲの葉といったものばかりです。じっさい、ほとんどの場合彫刻師たちは、その土地の、つまり自分たちが働いている地域の植物ばかり彫っていたのです。」

「そうした柱頭の花冠や花籠でもって、彼らはなにか特別な考えを表現しようとしたのでしょうか。たとえばアミアンの大聖堂では、葉と花の飾り模様が身廊のアーチ列の上部を走り、建物内部に沿って巻きつき、あるいは石柱の縁に寄り添っていますけど、あれには、高みを仰ぐ人々の眼を休ませるために教会の上部を二分するという、たぶんそういう目的はあるでしょうが、それとは別に、なにか意味があるのでしょうか。ある特別な思想を形象しているとか、聖母に関するある章句を翻訳しているとか。あのカテドラルは聖母マリアのために建立されたのですからね。」

「さあどうでしょうか」と助任司祭は答えた。「私はもっと単純にこう思っています、あれらの花綵《はなづな》装飾を彫った彫刻師は、装飾的な効果を追求したのであって、聖母の徳行の概要を難解な言語で語ろうとしたわけではいささかもなかった。それに、仮にわれわれが、十二世紀の彫刻師たちがアカンサス

チコリ

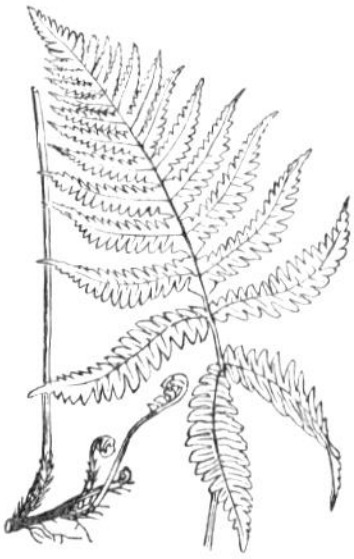

シダ

の葉を使ったのはそれが内包する優しさのためであるとか、オークの葉を使ったのはそれが力を明確に示すからであるとか、スイレンの葉を使ったのはその葉の豊かさのゆえにそれが慈愛を装うからであるとか、すべてそんなふうに認めてしまうなら、十五世紀末においても同様に、当時はまだ象徴学の芸術が完全には失われていなかったとはいえ、それにしても、チコリとかチリメンキャベツとかアザミとか、ブルーの教会では恋結びと結びつけられる鋸状の葉をしたそういう植物にもまた、何か象徴的な意味があるということになってしまいます。しかるに、きわめてたしかなことですが、そうした植物が選ばれたのは、その構造が複雑精妙な優雅さを有しているがゆえであり、その形がほっそりと気取った優美さをそなえているがゆえでした。そうでなければ、そうした装飾が、ランスやアミアン、ルーアンやシャルトルの大聖堂の植物が語るのとは違った物語を語っているということになってしまいますよ。

まあ要するに、われらがカテドラル、それは飛び抜けて飾りの多い教会堂というわけではありませんけど、その柱頭においていちばんよく言われることは、シダの若芽がそれを真似ているというあの司教杖ですね。」

聖堂の壁面を飾るシダ模様

「そうですか。でもそうなるとシダというのは、象徴的な意図において使われているということにはなりませんか。」

「一般的命題としては、シダは謙譲の同義語です。そのわけは、シダが生えるのはふつう、あたうかぎり街道から離れた森の奥ですから。しかし、聖女ヒルデガルトの教本を参照するなら、彼女が「ファリュ」（faru）と綽名したこの草は魔法の植物であることがわかります。

太陽が闇を追い払うのと同様に、と聖女は言っています、ファリュもまた悪夢を退散させる。悪魔はこの草を避け、忌み嫌います。まれにですが、シダが身を寄せ合っている場所に雷が落ちたり雹が降ったりすることもあります。最後に人間の場合ですが、シダを身につけていると、魔法や呪縛から逃れることができます。」

「となると、聖女ヒルデガルトは、医学的ならびに魔術的見地から博物学に打ち込んだということでしょうか。」

「そうです。ただ、彼女の本はあまり知られていません。今日にいたるまで、翻訳されたことがないからです。ときには彼女は、ある種の植物に、なんとも不思議な魔除け的特質をあてがうこともあります。いくつか例を挙げ

キバナノサクラソウ

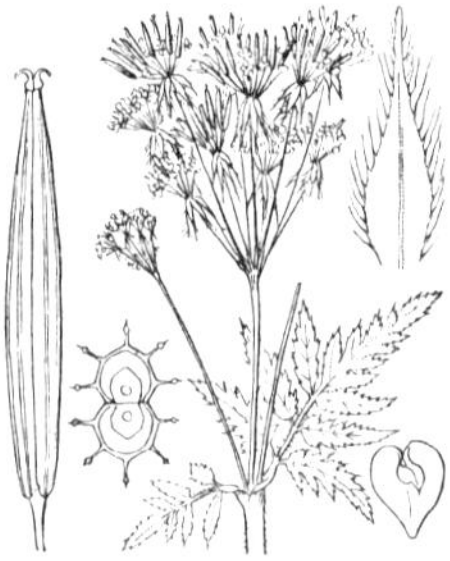

ミルラ

ましょうか。

たとえばですね、彼女によれば、オオバコは呪いのかかったものを飲んだり食べたりしてしまった人に効きます。ワレモコウも、襟につければ同じ霊験がそなわります。

ミルラは柔らかくなるまで肌のうえでよくあたためると、魔法使いの術を断ち、妄想を追い払い、媚薬の解毒剤となります。またそれを胸や腹のうえに置けば、色欲に駆られた思いを散らすこともできますが、ただ、ミルラは、みだらな考えを押しのけてはくれますが、そのかわりに、人をもの悲しく「潤いのない心」の状態にします。ですから、むやみにそれを摂取してはならないと聖女は忠告しています。

ミルラがもたらす苦しみを軽くするためには、たしかに、「ヒメルスロスゼル」を使うこともできるでしょう。この草はキバナノサクラソウかそれに類したもので、臭いのある黄色い散形花が湿潤な森林や草原に咲きます。それは熱を孕んでいて、力は光から汲みます。ですからメランコリーな気分を追い払うことができるのですが、この気分は、聖女ヒルデガルトも確言しているように、風紀を乱し、人に神への悪態をつかせるのです。もっとも、それ

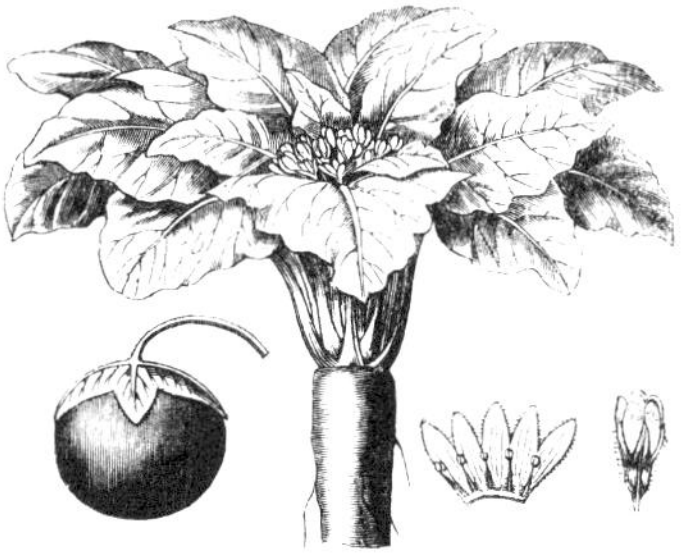

マンドラゴラ

を聞きつけると、空気の精が駆けつけてきて姿を現し、悪態をついた者を半狂乱に陥らせるのですが。

マンドラゴラの例を出すこともできますよ。熱を帯びて水っぽい植物で、人間と同一視されることもありますが、じっさい、人間によく似た形をしています。それで、ほかの植物よりも悪魔の誘惑を受けやすいということになるわけですが、私はむしろこの聖女による賢い処方をひとつ紹介したいですね。

ユリに関して彼女が書いている処方はこんな感じです。まず根の先端を切り取り、それを酸っぱくなった油脂のなかで粉末に砕くこと。そうして出来た軟膏を暖め、それでもって白レプラないしは黒レプラに罹った患者をこすること。たちどころに治ります。

さてしかし、こうしたいにしえの処方や護符は脇へ置くとして、植物の象徴学そのものへと話をすすめましょうか。

通常、花は善の紋章です。デュラン・ド・マンドによれば、花は樹木と同様、美徳を根に有する慈善を表します。オノレ・ル・ソリテールによれば、緑の草は賢者であり、花をつければ進歩する人のこと、果実をつければ完璧

ヒマラヤスギ

ヤシ

な魂のことになります。加えて、象徴学的神学の古い概論によれば、植物は復活を寓意するとされており、永遠という概念が割り当てられているのは、なかんずく、ブドウ、ヒマラヤスギ、それからヤシですね……」

「ただし」とジェヴルザン神父がさえぎった。「『詩篇』はこのヤシを正義と混同していますし、聖グレゴワール・ル・グラン（大グレゴリウス）の解釈によれば、ヤシは、そのざらざらした樹皮とその黄金色の房状をなす実とから、十字架の木を表しています。触ると硬いが、その果実は、それを味わうことのできる者にとっては甘美であるというわけです。」

「ですからまあ」とデュルタルは言った。「私の察するところ、マダム・バヴォワルは典礼にかなった庭を造りたいわけで、そのためには彼女はどんな種を選ぶべきなのでしょうか。

まず、七つの大罪とそれに対立する七つの徳ですね、それらに対応する植物名一覧を作ることは可能でしょうか。それはいろんな作業の土台を据え、神秘的園芸家も使えるような素材を、いくつかの規距にのっとって選別するということでもありますが、そういうことは可能でしょうか。」

カボチャ

「それはわかりませんが」とプロン神父は言葉を継いだ。「でも、みたところ可能なようにも思えます。ただそのためには、あれやこれやの美点や罪に多少とも正確に対応するような植物の名前を記憶に呼び覚まさなければなりますまい。結局、あなたが私に要求されているのは、私どもの公教要理の、植物の言葉への翻訳ということですな。やってみましょう。

高慢。それにあたるのはカボチャですね。かつてシシオーヌの町では女神として讃えられたこともありました。カボチャは豊穣と高慢の外観を代わる代わる身にまとうのです。豊穣にみえるのは、その種の多さと生育のたやすさのゆえです。ワラフリド・ストラーボ修道士は、その輝かしい六脚詩句でそのことを讃え、みずからの詩篇のまるまる一章をあてています。高慢にみえるのは、その穴のあいた巨大な頭と膨らみ具合とがまさに尋常ならざる様相を呈しているがゆえです。あと、ヒマラヤスギもそうですね。これについてはピエール・ド・カプーが、聖メリトンに賛同して、尊大であると形容しています。

吝嗇。これを映し出す植物を見分けるのは困難であると言わざるを得ません。さきに行きましょう。後回しです。」

エジプトイチジク

イラクサ

「失礼ながら」とジェヴルザン神父が言った、「聖ウーシェとラバン・モールが、魂を犠牲にして積み重なる富のイメージとして、イバラを挙げていますが。それからまた、聖メリトンが、エジプトイチジクは貪欲であると主張しています。」

「かわいそうなエジプトイチジクよ」と助任司祭は笑いながら言った。「あらゆる仕事にこき使われているというのに！　ラバン・モールとクレールヴォーの無名氏は、エジプトイチジクを不信心なユダヤ人と呼んでもいます。他方またピエール・ド・カプーは十字架にたとえ、聖ウーシェは知恵にたとえていますが、言い忘れていました。でも、あれやこれやが出てきて、さてどこまですすんだのかわからなくなりました。ああそうそう、つぎは色欲ですね。これはいろいろあって選択に困ります。一連の男根的樹木は置くとしても、たとえば「豚のパン」と言われるシクラメン、これはテオフラストスの古い主張によれば性的快楽のしるしです。愛の媚薬を作るのに使われますから。イラクサは、ピエール・ド・カプーによれば、肉体の放埒な動きを意味します。それから、チュベローズ。これはもっと新種の植物ですが、十六世紀には知られていて、フランスへはミニーム神父とかいう人によって持ち

ネナシカズラ

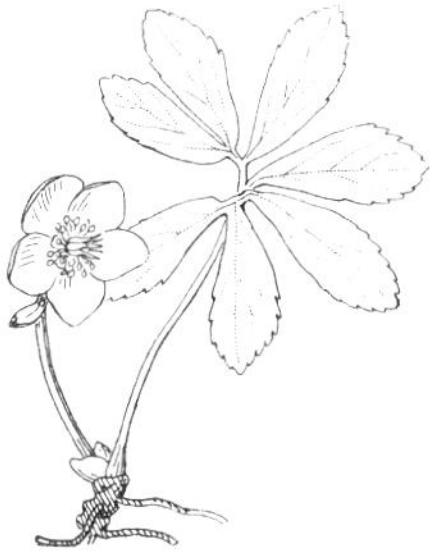

ヘレボルス

込まれました。人を虜にするその香りは、神経を狂わせ、さらには、感覚の興奮をきたすように思えます。

嫉妬。イバラとヘレボルスがそれに相当しますが、後者は、そうです、別個にまた中傷と醜聞もあらわしますけどね。それから、またしてもイラクサ。アルベール・ル・グランの別の解釈によれば、無理に勇敢なところをみせて、恐怖を追い払うのだそうです。

つぎは大食ですか（と助任司祭はしばらく考えた）、食虫植物の類、ハエトリソウとかモウセンゴケとかでしょうかねえ……」

「ありふれた野の花ですけど、ネナシカズラでもいいのでは？」ジェヴルザン神父があえて意見をはさんだ。「さながら植物界のタコともいうべきで、細い茎から他の植物へ糸のように触手を伸ばし、小さな吸器を埋め込んで、他の植物の実質をむさぼるようにおのれの養分とするのですから。」

「怒りは」とプロン神父はつづけた。「あのニオイアラセイトウによって翻訳されます。俗に靴直しのオレンジと呼ばれている色褪せたバラのような花をつけますけど。それからバジリコですね。バジリコは中世以来、同形異義語の動物種への連想から、残忍で激しやすいという嘆かわしい評判をとって

ホウセンカ

ヤナギハッカ

しまっているわけです。」

「あらまあ！」とバヴォワル夫人が声を上げた、「挽肉料理はバジリコで香りをつけますし、シチューにだって入れれば味が引き立ちますのに！」

「薬膳の重大なミスですな。霊的な面でも危険ですぞ」と神父は言って笑みを浮かべたあと、またつづけた。

「怒りはまた、ホウセンカの代弁するところでもあります。この花のイメージはとりわけ我慢のなさということですが、そのわけは、莢《さや》の気の短さといいましょうか、ほんのちょっと触れただけでも音を立ててはじけ、遠くまで種子を飛ばしてしまうその性質にあります。

最後に、怠惰。これは催眠の作用があるケシの種属のものでしょう。

これらの悪徳に対立する美徳のほうはどうかといいますと、美徳が要求する解釈にはかなり幼稚なところがありますね。

謙虚をあらわすものとしてはシダ、ヤナギハッカ、ヒルガオ、そしてスミレがあげられますが、スミレは、ピエール・ド・カプーによれば、謙虚であるというまさにその理由によって、キリストの形象となっています。」

「それと同様に、聖メリトンによれば聴罪司祭であり、また聖女メクチル

サフラン

ニワトコ

ドによれば寡婦です」とジェヴルザン神父がつけ加えた。

「現世の富への無関心は地衣類であらわしますが、地衣類は孤独の似姿でもあります。純潔をあらわすのはオレンジの木とユリ。慈愛をあらわすのはスイレン、バラ、そしてラバン・モールとクレールヴォーの無名氏によれば、サフラン。節制をあらわすのは、禁欲のしるしでもあるレタス。優しさをあらわすのはモクセイソウ。用心をあらわすのは、とくに熱情を意味するニワトコか、その汁がぴりっとして酸味のあることから、活力を象徴するタイム。

聖母に捧げられた住まいにおいては、もろもろの罪にはもう用がありませんから、お引き払い願いましょう。敬虔な花々の種だけで花壇を造ることですね。」

「でもどうやって取りかかりましょうか」とジェヴルザン神父が訊ねた。

「方法は二つあります」とデュルタルが応じた。「一つは、現実の未完成な教会堂の枠組はそのままにしておいて、ただその彫像のある場所を花々で置き換えるというやりかた。そのほうが、芸術という観点からみればましなくらいですけど。もう一つは、さまざまな木や植物を植えて、完全にそれだけで聖所を造ってしまうことです。」

デュルタルは野づらにころがっている棒きれを拾いに行った。「いいですか、これがわれらが大教会堂の見取図です。」そう言って彼は、地べたに教会を示す十字形を描いた。

「われわれは教会を終わりから、つまり後陣から建てるとしましょう。当然ここに、ほかの多くの大聖堂と同じように、マリア礼拝堂を造ることになります。

そしてここに、聖母を象徴する植物があふれるわけです。」

「あの神秘な連禱のバラ！」バヴォワル夫人が声を張り上げた。

「うーん」とデュルタルは言った。「バラは汚されていますからねえ。異教時代にはエロティックな植物のひとつでした。それはまあ措《お》くとしても、中世には数多くの町において、ユダヤ人や売春婦に、一目でわかる破廉恥さのしるしとしてこの花を身につけさせたほどですからね。」

「それはそうですけど」とプロン神父が声を大にして言った。「ピエール・ド・カプーは、その花の意味が愛と慈悲であることにおいて、バラをマリア様の擬人化としています。他方、聖女メクチルドは、バラは殉教者をあらわすとはっきり述べており、また、「特別な恩寵」という本の別の箇所では、バ

シャルトル大聖堂南袖廊のバラ窓

バラ（原種ツルバラ）

バラ（古い時代からの園芸品）

ユリ（マドンナリリー）

ラを忍耐の徳と同じにみています。」

「その著『オルトゥルス』において、ワラフリド・ストラーボもまた同じようなことを述べています、バラは死刑に処せられた聖人たちの血であると。」ジェヴルザン神父がつぶやいた。

「殉教者のバラ、血にまみれた衣、すなわち聖メリトンの鍵です。」助任司祭が念を押した。

「この灌木についてはまあそういうことにして」とデュルタルは大声で言った。「ユリに移りましょう。」

「そのまえにちょっといいですか」とプロン神父がさえぎった。「といいますのは、聖書に出てくるユリは、ふつうそう思われているようには、この名前で知られている花と全然ちがうものであるということを、まず確認しなければならないからです。ふつうのユリ、ヨーロッパで咲いているような、そして中世以前からすでに教会において純潔の紋章となっているようなユリは、パレスチナでは全く生育しなかったように思えます。それに、ソロモンの雅歌が恋人の口をこの植物にたとえていますけど、讃えられているのはあきらかに赤い唇であって、白い唇ではありません。

アネモネ

聖書のなかで、谷間のユリ、野のユリという名で示されている植物は、ずばりアネモネです。ヴィグルー神父がそれを証明しています。アネモネはシリアやエルサレムやガリレアやオリヴィエ山にたくさん生えていますが、ぼってりくすんだ緑色をした鋸歯状の互生葉から咲くその花は、繊細なヒナゲシに似ており、貴族的な植物のイメージ、たとえていうならおしゃれな衣装に身を包んだみずみずしい王女という感じです。」

「たしかに」とデュルタルは言った。「ユリのもつ純真さはほとんど感じられませんね。その芳香をじっくり嗅いでみれば、清らかな香りとは正反対のものであることがわかりますから。それは蜜とコショウの混ざったような香りで、鼻をつくようでいて甘ったるいような、微弱でもあり強烈でもあるような。ですから、レバノンの缶入り媚薬かインドの官能的な砂糖漬けのようなものですね。」

「でもまあ結局」とジェヴルザン神父が指摘した。「聖地にユリは絶対にみられなかった、それは認めるとしても、それでもやはり、古代や中世の人々がユリから一連の象徴を引き出したのは間違いありますまい。

たとえば教父オリゲネスを参照してごらんなさい。彼にとって、ユリはキリストそのものです。なぜなら、われらが主は、まさにご自身のことをさして「私は野の花であり谷間のユリである」と言われたのですから。また、この御言葉のなかの野というのは、耕作地ということであり、すなわち、神みずからが導き給うたヘブライの民をあらわします。また谷間とは耕作されていない荒地のことですから、無知なる輩、別の言葉でいえば異教徒をあらわすということになります。

ではつぎにペトルス・カントールを読んでごらんなさい。彼によれば、ユリはヨアヒムの娘です。その白さのゆえに、その抜きん出て快い香りのゆえに、その治療する力のゆえに、そうしてさらに、聖母がユダヤ人の両親から生まれたように、ユリもまた耕作されていない土地から生じるがゆえにです。」

「ペトルス・カントールが引いている治療的見地から付言しますと」とプロン神父が言葉を継いだ。「ユリは、十三世紀のイギリスの無名氏によれば、火傷に対する特効薬であり、それゆえ、聖母のイメージでもあるのです。聖母もまた、火傷、すなわち罪深い者の悪徳を癒したのですから。」

「さらに」とジェヴルザン神父はつづけた。「聖メトード、聖女メクチルド、ピエール・ド・カプー、それからあなたがいま言及したイギリスの修道士な

ユリを持つ聖母

どにあたってみれば、ユリが、処女マリアのみならず、純潔それ自体の、ひいてはまたすべての処女たちの花であることがわかるでしょう。

そのほかにユリの意味するところを集めてみれば、こんな束になります。一つは、聖ウーシェが主張したことですが、ユリの白さは天使の純粋さにも比肩しうるというもの。もう一つは、聖グレゴワール・ル・グランによる、ユリの芳香は聖人の香りそのものであるというもの。さらにもう一つ、ラバン・モールの主張するところによれば、ユリは天空の至福であり、聖性の輝きであり、教会であり、完徳であり、肉の純潔さであり……」

「そのうえにまた、オリゲネスの翻訳によれば、茨《いばら》のなかにあるユリは、敵のなかにある教会にひとしい」とプロン神父が合いの手を入れた。

「するとユリは、イエスであり、その母マリアであり、天使であり、聖人であり、教会であり、徳であり、処女であり、そのすべてであると！」デュルタルが叫んだ。「神秘象徴学の庭師たちは、そんなにも多くの神の思召しを、よくぞまあ、たった一種類の植物のなかに見抜いたものですねえ。」

「いや、こういうことです。象徴学者たちは、あるひとつの花の形とか匂いとか色とかと、彼らが花に結びつけようとした存在とのあいだに、さまざ

モクセイソウ

まな類推や相似の関係をうちたてたることができた、それはもちろんですが、それだけではなく、聖書の注釈ということも行ったのです。あれこれの木や草の名前が言及されている箇所を研究し、本文が決めているかほのめかしている意味づけに沿って、それらの植物に属性を付与していったのです。動物についても同じことをしました。色彩についても、石についても、その他、自分たちが意味を与えようとした森羅万象についても。要するに、ことはそれなりに単純なのです。」

「どころか、それなりに複雑ですよ。それで、ああもうどこまですすんだのでしたっけ？」デュルタルが問い合わせた。

「聖母の礼拝堂を造るところまでです。アネモネとバラをそこに植えることにしました。灌木の茂みをそこに加えてください。クレールヴォーの無名氏によれば、聖母マリアの似姿であり、トロワの無名氏によれば、受肉の似姿です。実を取られたクルミの木も、サルドの司教によれば、おなじ意味をもちます。」

「それと、モクセイソウですね」とデュルタルが言った。「エメリク尼が何度も繰り返し述べられていて、とても神秘的でした。彼女の言うには、この

クルミ

花にはマリア様ときわめて深い結びつきがあって、マリア様はそれを栽培し、大いに利用されていたということです。

それから、同様にうってつけだと思われる小灌木があります。シダですけどね。聖女ヒルデガルトが付与したいろいろな美点のためじゃなくて、謙譲ということの、最も隠された、最もひそやかな象徴であるからです。じっさい、その強い茎を一本引き抜いて、斜めに切ってごらんなさい、とてもくっきりと、まるで熱い鉄をあてたように、黒く彫り込まれたユリの紋章のかたちがみえるはずです。匂いもありませんから、われわれはこれでようやくユリを、完璧なあまり死んでからでないと気づかれないような、そういう謙譲の象徴として受け取ることができるというわけです。」

「おやおや、私たちのお友達は、思っていたほど田舎の事柄に疎いわけじゃないんですね。」バヴォワル夫人が言った。

「私だって子どものころは、ちょっとは森を駆けめぐったりしたんですよ！」

「教会の聖歌隊については、議論の余地はないと思いますけど」とジェヴルザン神父が言った。「聖体の物質的実体として、ブドウとコムギが絶対です

ブドウ（柱頭の模様）

ブドウ

から。

ブドウについて主は言われました。「我はブドウのつるなり」と。ブドウはまた八福の聖体拝領の紋章です。一方コムギは、秘跡の物質として、中世においてあれほどまでにも丹精と尊崇の対象となったのでした。

思い起こしてもみてください、パンを用意するに際しての、いくつかの修道院での厳かな儀式を。

カーンのサンテティエンヌでは、修道士たちは顔と手を洗ったあと、聖ブノワの祭壇の前にひざまづいて、讃課と悔悛の詩篇と聖人連禱を朗誦したものです。それから、助修士が型を出しますが、その中で同時に二つの聖体パンが焼かれることになっていました。そうした種なしパンが用意された日には、パン作りに加わった者たちは一堂に会して晩餐をとり、修道院長の席にも同じ食事が出されました。

同じようにクリュニーでも、朝から何も食べていない三人の司祭あるいは三人の助祭が、いま私が列挙したお祈りを済ませたあと、アルバに着替えて平の修道士を何人か供につけます。そうして、修練士たちが一粒一粒選り分けた種子から得られた極上の小麦粉を、冷たい水に溶かしていきます。そうしますと、手袋をはめた修道士がその未聖ホスチア（聖別前の無酵パン）を、絵付きの鉄の型に入れて、ブドウの若枝を燃やした火で焼き上げていったものです。」

「お話をうかがっているうちに」とデュルタルはたばこに火をつけながら言った、「ミサ聖祭のときの挽砕機のことを思い出しました。」

「神秘の葡萄圧搾機のことなら私もよく知っていて、十五世紀ないし十六世紀のステンドグラス職人によってよく描かれたものですが、要するにそれは、イザヤ書の「私はブドウを搾るただひとりの者であり、誰もここに来て私とともに働こうとはしなかった」という章句の敷衍《ふえん》でしょう。でも、恥ずかしながら、神秘の挽砕機のことは知りません。」ジェヴルザン神父は答えた。

「私はベルンで見たことがありますよ、十五世紀のステンドグラスでした。」プロン神父が証言した。

「私はエルフルトのカテドラルで見ました。ガラスにではなく、木の板に描かれていたのですが、署名なしで一五三四年と日付の入ったその絵は、いまでもありありと目に浮かびますよ。

画面上方には父なる神が、よき老人の姿をとって、雪のように白い髭を生やし、おごそかに物思いにふけっています。それから、コーヒー挽きに似た挽砕機がテーブルのへりに置かれていて、下の引き出しは開けられています。福音にかなう動物たちが、挽砕機の口へ白い皮袋の中味を移し換えていますが、いっぱいに詰まったその中味というのは、なんと、秘跡のありがたい言葉が記された巻紙なんです。巻紙は機械の腹を降りて引き出しのところからまたあらわれ、そこから聖杯に落ちかかっており、その聖杯を、テーブルの前にひざまづいた枢機卿と司教とが支えています。

そうして言葉は、神の加護を祈る幼子に変わるのですが、その一方で、四人の福音史家たちが画面の右隅で銀のハンドルをまわしています。

「奇妙ですねえ」とジェヴルザン神父が指摘した。「福音史家たちが動物になったり人間に戻ったりしながら機械にかけ、砕いているのは、聖体の秘跡における全質変化の章句であって、彼らが変えなければならない実体そのものではないというのは。同様に、聖なる奉献物は存在せず、それがまぎれもない肉体に置き換えられている。

でも、実のところそれでよいのです。聖変化の言葉が発せられた以上、パンはもう存在しないのです。それでもまあ奇妙ですけどね、主題は物質的だ

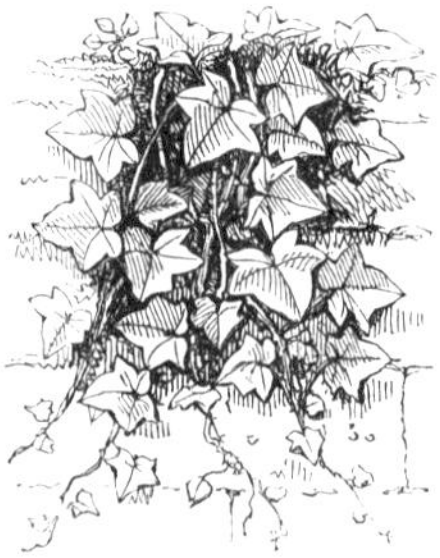

キヅタ

し、場面は製粉屋だし、それなのに、種子でもあり粉でもあり聖体パンでもあるコムギそのものはただ暗示されているだけというこの設定。どんな種に属していてどんな外見をしているか、それはもうどうでもよく、その代わりにあるのは、感覚では理解し得ないある現実なのだというこの確固たる意図。画家がそういう方針をとったのは、民衆を強く惹きつけるためであり、神秘的教義はたしかにその通りであって嘘ではないのだということを伝え、それをしもじもの者の目にまで見えるようにするためだったのでしょう。ところでと、われらが教会を建てるという話でしたね。どこまで行きましたかな?」

「ここまでですよ」デュルタルが言って、棒で、砂の上に描かれた身廊に沿う通路を示した。「さあ今度は翼廊の小礼拝堂ですが、これはいくつか造れます。一つはいうまでもなく洗礼者聖ヨハネに捧げられるものですが、他と区別するために、彼が名前を譲ったチョウジの木とキヅタを植えましょう。それからとくにヨモギですね。ヨハネの祝日の前の晩にヨモギを摘んで部屋に吊しておくと、悪霊を退治し、雷を遠ざけ、亡霊が出ないようにもしてくれます。つけ加えますとこの草は、中世にはよくその名を知られ、てんかんや舞踏病の予防にも使われていました。この二つの病気の治療には、洗礼者

サボンソウ

トケイソウ

ヨハネの取りなしが効くというわけです。

もう一つは聖ペテロに捧げましょう。その祭壇には、教父たちが聖ペテロの名のもとに捧げた草の束を置くようにしましょう。サクラソウ、スイカズラ、リンドウ、サボンソウ、ヒカゲミズ、ヒルガオ。

でも何はさておき、七つの苦しみを負うわれらが聖母のために、安らぎの御堂を建てるというのが肝要なわけですよね、あまたの教会でそうしているように。

まぎれもなくそこにふさわしい花はトケイソウです。この不思議な花は、紫がかった青色で、その子房は十字架をまねています。花柱と柱頭は釘を、雄蕊は金槌を、繊維質の器官は茨の冠を、それぞれまねています。要するに、トケイソウは受難の道具を全部含んでいるわけです。もしよろしければ、ヤナギハッカの枝をそこに加え、イトスギを植えてください。イトスギは、聖メリトンによれば救い主イエスの、オリエ氏によれば死の似姿です。それからミルトも。聖グレゴワール・ル・グランのテキストによれば、ミルトは同情心をたしかなものにします。なかんずく忘れてならないのは、クロウメモドキですね。何といっても、ユダヤ人たちがその枝を編んでキリストの冠を

クロウメモドキ

作った灌木ですから。さあこれでマリア礼拝堂が建ちました。」

「クロウメモドキですか」とジェヴルザン神父は言った。「たしかに、ロオー・ド・フルーリも断言するように、神の子キリストの頭に巻かれたのはクロウメモドキの棘のある茎でしたが、そうなると戸惑ってしまいます。旧約聖書「士師記」第九章において、この貧相な灌木が預言にもとづいてみずからに授けた王国を前にすると、ユダヤのあらゆる大木が傾いたといいますから。」

「なるほど」とプロン神父が応じた。「でも同様に不思議なのは、昔の象徴学者たちがこのクロウメモドキにいろいろと意味を与えているのですが、それがまったくばらばらだということですよ。聖メトードは純潔の意味にとりましたし、テオドレにとっては罪、聖ジェロームにとっては悪魔、かと思えば聖ベルナールにとっては謙譲、といったありさまです。

またつぎのようなことも一考に値します。マクシミリアン・サンドゥールの『象徴神学』においては、この灌木は俗世に執着のある高位聖職者をあらわしており、一方、著者がそれと対比しているオリーブやブドウやイチジクの木は観想生活を意味しています。そこにはおそらく棘へのほのめかしがあ

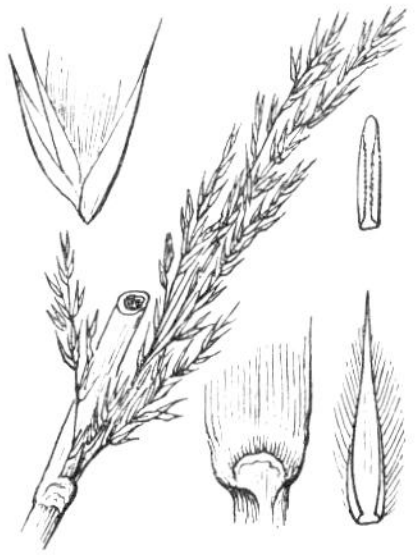
アシ

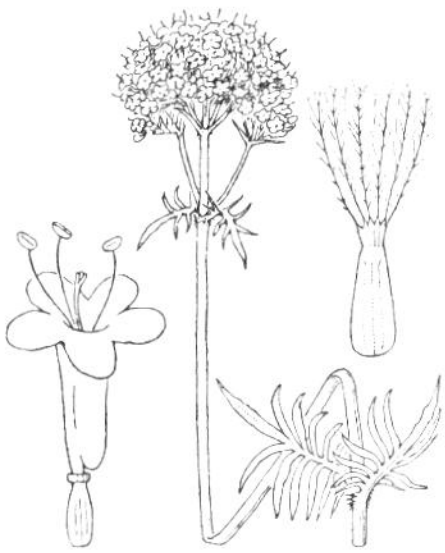
カノコソウ

って、司教たちはこの病身の僧院長に棘をさすようなふるまいをしないわけではなかったのです。

さらに、われらが礼拝堂の紋章にアシをお忘れになっていませんか。アシは、神の子イエスが押しつけられた愚かしい王杖でした。しかし、クロウメモドキ同様、アシはいわば何でも屋さんです。聖メリトンはその意味するところを受肉と聖書であると定義しましたが、ラバン・モールにとっては説教者であり、偽善者であり、なおかつ親切な人でもあるという具合です。聖ウーシェにとっては漁師、クレールヴォーの無名氏にとってはキリスト。あとは忘れてしまいましたけど。」

「たったひとつの種に対して、たくさんの擬人化があるというわけですね」とデュルタルが言った。「さてと、聖人たちに捧げられた礼拝堂をさらにいくつかに絞ろうとすると、どれもいままでのようにはたやすくありません。すくなくとも、その名にちなんだ植物名があるような聖人の場合はとくにそうですね。

たとえば、カノコソウ、別名、聖ジョルジュの草。筒状の茎をもつこの白い花はじめじめした場所に生育しますが、別名のほうも納得がいきます。と

オグルマ

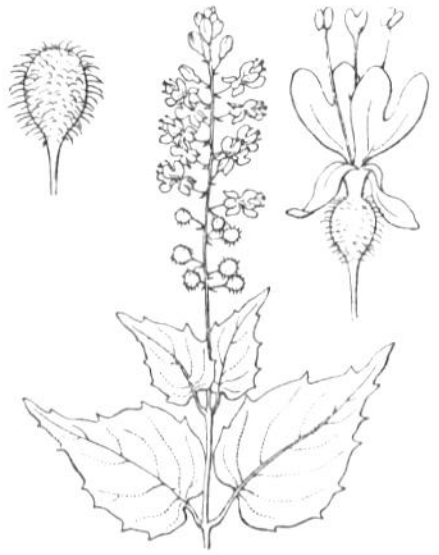

ミズタマソウ

いいますのも、この草は神経の病の治療に使われたということですから。そういう病に対しては、この聖人の加護が出番だったというわけです。

聖ロックの草。複数あります。ペニローヤルミントと二種のオグルマ、そのうちの一つはオレンジがかった黄色の花をつけ、下剤効果があり、また疥癬を治します。昔はこの聖人を祝う日にこれらの草の束を祝別し、獣疫から家畜を守るために牛小屋に掛けておいたものです。

聖女アンヌの草。もの悲しげなヒカゲミズ。貧しさの象徴です。

聖女バルブの草。カキネガラシ。十字の花の形をした抗壊血病性の植物ですが、みすぼらしい様子があり、まるで乞食女のように、街道に沿って這うように生えています。

聖フィアークルの草。モウズイカですが、その葉を煎じて湿布薬にすると、疝痛を鎮めます。この聖人自身も、疝痛を和らげてくれる力があるという評判でした。

聖エティエンヌの草。ミズタマソウ。毛むくじゃらの花柄の上に赤みがかった花房をつけた穏やかな草です。いやはや、ほかにもまだたくさんあって、きりがありません。

テレビンノキ

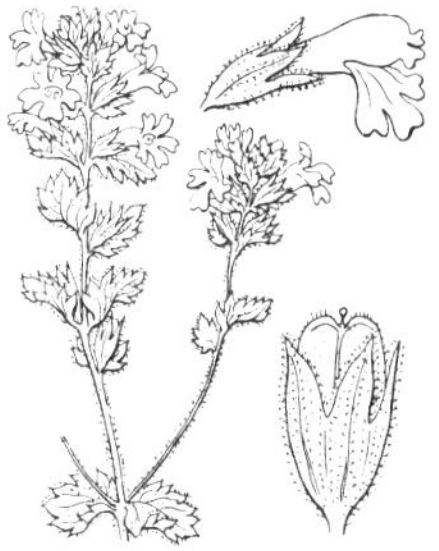
エビスグサ

地下礼拝堂を造るのなら、ぜひとも旧約聖書由来の植物で埋め尽くすべきでしょうね。旧約聖書それ自体がもともと地下礼拝堂によって思い起こされるようになっているわけですから。で、気候という難点はありますが、永遠のしるしであるブドウとヤシを植えなければならないでしょう。ついでヒマラヤスギ。腐りにくい材質から、天使の観念を含むこともあります。それからオリーブの木とイチジク。聖なる三位一体と御言葉の形象です。それからまた乳香、エビスグサ、ミルラ、これは主イエスの人間としての完璧さの象徴ですが、テレビンノキ、これは正確には何をあらわすのでしたっけ?」

プロン神父が言った。「ピエール・ド・カプーによれば十字架と教会、聖メリトンによれば聖人たちです。またクレールヴォーの無名氏によれば、ユダヤ人たちの教説と異端者たちをあらわします。その樹脂の雫についていえば、聖アンブロワーズの言を信ずるとするなら、キリストの涙ということになります。」

「いろいろ挙がりましたけど、それでもまだわれらが植物教会堂は完全ではありません。手探りですすみましょう。支離滅裂になってしまうかもしれ

ヘリオトロープ

ませんが。で、私としては、祭壇への入り口に、聖水盤の代わりにヤナギハッカ（ヒソップ）を植えてみたいですね。でも、壁はどうしたらいいのでしょう、現実の教会は石でできていて未完成ですが、まさかそれに頼るというわけにもいきませんし。」

「城壁の意味するところを考えて、それを他のものであらわすのではどうですか」とプロン神父が応じた。「巨大な壁というのは四人の福音史家をあらわします。その植物への置き換えをすることができますかな。」

デュルタルは首をすくめて、それからこう答えた。「福音史家というのは、神秘的動物誌においてなら四足獣によってあらわされるわけですけどね。また。十二人の使徒はそれぞれの同義語を宝石名のなかに有していて、そこには当然二人の福音史家も含まれるわけですが。すなわち、聖ヨハネは、純粋さと信仰のしるしであるエメラルドに結びつけられ、聖マタイは、知恵と用心のしるしであるかんらん石に結びつけられます。しかし、いずれの聖人の場合も、樹木にしても花にしても、植物によって形象されるということはこれまでなかったように思うんです……いや、ありました。聖ヨハネです。神聖な霊感を寓意するヘリオトロープによって形象されます。というのは、ラ

ヨモギギク

ンスのサンレミ教会のステンドグラスにこの聖人が描かれていますが、円形の光背に囲まれたその首は、ヘリオトロープの花の二本の茎の上に乗っていますから。

聖マルコも、中世にはある植物にその名が与えられていました。ヨモギギクです。」

「ヨモギギク？」

「ええ。苦みのある草で、芳香を放ち、銅の色をした花をつけますが、石の多い土壌に咲きます。医学的には抗痙攣性の薬効があるとして利用されています。同様に、聖ジョルジュの草。こちらは神経疾患の治療の一部をなしていますが、神経疾患に対してはこの聖人の取りなしがよく効くようです。

聖ルカの場合は、モクセイソウの束でこの聖人を偲ぶことができそうですね。というのは、エメリク尼の語るところによれば、この聖人の医療人生のなかでモクセイソウは大いなる薬だったからです。彼はモクセイソウをヤシ油と混ぜ、祝別したのち、十字架の形をした塗布を作って患者の額と口に貼りました。またそれとは別に、この草を干して煎じたものも利用しました。

あとは聖マタイですが、ここにいたってはお手上げですね。この聖人を代

シナモン

アマ

行しうる植物が全然みあたらないのです。」

「俗世で言われるところの、まあそうかんたんに匙を投げなさんなというところですな」とプロン神父が声を大きくして言った。「中世のある言い伝えによれば、聖マタイの墓からはえもいわれぬ芳香がにじみ出ていたそうです。ですから、この聖人は、徳の香りの象徴であるシナモンの枝によって図像化されていました、聖メリトンによればですけど。」

「いずれにしても、本物の教会の骨組に従うというのが賢明でしょうね、土台や壁や屋根といった躯体はそのまま利用して、それを花の解釈学から借用した細部によって肉付けするにとどめる。」

「で、聖具室は？」

「もちろんです。デュラン・ド・マンドの典礼書によれば、聖具室は聖母の胸なのですから、たとえば草花ならアネモネのような純潔な花で再現しましょう。木ならヒマラヤスギですね。聖イルドフォンスはその木を聖母になぞらえています。さてそこに祭具を備え付けるとなれば、典礼定式書や、場合によっては植物の輪郭そのもののうちに、ほぼ正確な指示がみつかります。たとえばアマですね。それでもって肩衣や祭壇の布は織られなければなりま

ニュウコウ（乳香）

フウリンソウ

せんから、ぜひとも必要です。聖油や聖香油を採るオリーブとホウセンカ、香りの雫を滴らせる乳香も決まりですね。聖杯の代わりには、宝石細工師がモデルにしている花のなかから選べます。白いヒルガオ、なよやかなフウリンソウ、それからチューリップだってかまいません。この花は魔術といかがわしい関係にあるせいで、評判はよろしくありませんけどね。聖体顕示台のシルエットとしては、かつてはヒマワリということだったのですが……」

「ええ、でも」とプロン神父が、眼鏡を拭きながらさえぎった。「そうしたものは物質的な外見にもとづいただけの思いつきで、近代の象徴学というにすぎません。あなたが受け売りしているエメリク尼のいろんな解釈も、若干同じようなところがあるのではないですか。彼女が死んだのは一八二四年ですよ。」

「関係ないですよ」とデュルタルが言い返した。「エメリク尼はプリミティヴです。肉体がいまの時代を生きたというだけの、それはもう千里眼の持ち主で、その魂は遠いところにありました。それはわれわれの時代よりもはるかに中世の時代を生きていたのです。いや、さらに時代をさかのぼって、もっとずっと古いとさえ言えるかもしれません。まったくのところ、その魂は

アイリス

キリストと同じ時代を生きたのであり、キリストの生涯を、書物を通して一歩一歩辿っていったのです。

象徴についての彼女の考えも、ですから無視できません。私にとって彼女のオーソリティーというのは、聖女メクチルドに匹敵するほどですね。この聖女の場合、この世に生を受けたのは十三世紀の前半ですけど。

でもじっさい、二人が汲んだ源泉というのは同じものなんです。だって、ことが神に関するかぎり、空間だの過去だの現在だの、何の違いがあるというのでしょう。彼女たちは篩《ふるい》であり、そこを通って神の恩寵がふるい分けられるのです。ですから、その篩が昔のものであろうと今のものであろうと、私には関係ありません。主の御言葉は時代を越えています。その霊感は、主がお望みになった時と場所において吹くのです。違いますか。」

「いやその通りです。」

「いろいろお話を伺っていますと」とパヴォワル夫人が口を挟んだ。「あなたのその教会建立に際してアイリスは考慮に入れて下さらないんですね。私の大切なジャンヌ・ド・マテルは、この花を平和の象徴とみなしていますけど。」

アーモンド

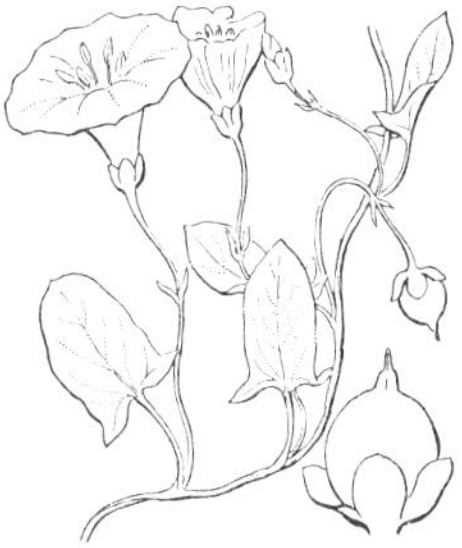
ヒルガオ

「入れますとも、入れますとも、マダム・バヴォワル！　それと、もうひとつ外せない植物がありまして、クローバーですが、彫刻師たちはその石の野にふんだんに撒き散らしたものです。クローバーは、聖人の光背にそのかたちが採られているアーモンドの実と同じように、三位一体の象徴です。まとめてみましょうか。

　身廊の奥、後陣の四部穹窿のなか、錆色になった丈高い秋のシダが形作る半円を背景に、這いのぼるバラの燃え上がるような聖母被昇天がみえます。それに接して、赤と白のアネモネの花壇があり、さらにその花壇はモクセイソウのつつましやかな緑によって縁取られています。変化をもたせるために、謙譲をあらわす花々、ヒルガオとスミレとヤナギハッカを混ぜ合わせて加えましょう。籠をつくってもいいかもしれません。その意味が聖母マリアの完璧な徳と一致するような籠です。

　「さてと」とデュルタルは、地面に描いた身廊の図を棒で指し示しながら言った。「ここが祭壇です。赤いブドウの木、青もしくは真珠色のブドウの実、そして黄金色のコムギの束を戴いています。そうそう、祭壇の上に十字架を立てなければ……」

扉口に刻まれたクローバー模様

クローバー

「それはむずかしくないですよ」ジェヴルザン神父が答えた。「あらゆる象徴学者がキリストの形象のひとつとみなしているカラシの実から、イチジク、テレビンノキにいたるまで、選択には事欠きません。ごく小さな十字架から大がかりな十字架まで、お好きなように立てることができるわけです。」

「ここでは」とデュルタルは言葉をつづけた。「クローバーの生えた列に沿って、さまざまな花々が地面から咲き出ます。その花とゆかりの深い聖人たちに応じてですけど。そしてここは七つの苦しみの聖母の礼拝堂。蔓性で巻きひげの付いた茎の上に咲く受難の花でそれとわかります。土台はアシとクロウメモドキの生け垣で、その意味するところは苦しみに満ちていますが、ミルトの慈悲がそれを和らげます。

さらにここが、やや散房花序のかたちにアマの淡いブルーの花が微笑んでいる聖具室。ヒルガオとフウリンソウの茂み。大きなヒマワリ。それからまた、差し支えなければヤシですね。というのも、思い出したのですが、エメリク尼によればヤシは貞節の鑑なのであって、そのわけは、雄花と雌花とが分かれていて、しかも双方が慎ましく隠れたままになっているからというのです。ヤシの意味するところをさらに翻訳した感じですね。

「でも、でもですよ、やはりあなたはどうかしてますよ。」バヴォワル夫人が声を張り上げて言った。「おっしゃることがめちゃくちゃですもの。あなたのおっしゃる植物はそれぞれに気候の条件がちがいますし、また、花の咲く時期がどの場合も一緒だなんてありえないことです。つまりですよ、ひとつの植物を植え終わったと思ったら、別のはもう枯れてゆくというのが現実です。それらを同時に隣り合わせて育てるなんてことには絶対なりません。」

「ですからまあ、植物教会堂というのは、かくも長きにわたって未完成の、その建造たるや数世紀にまたがって続けられる大伽藍というものの象徴ですね」とデュルタルは、棒を折りながら言った。「でもいいですか、気まぐれは置くとしても、何かを造り出さなければならないんですよ、教会の植物学や信者の花束のためにあるのではない何かをね。

典礼の庭ですね。聖書や聖者伝とかかわりのある花々を育てるベネディクト会修道士の真の庭。どんなにかすばらしいことではないでしょうか、ミサ典礼に植物の典礼を伴わせたり、植物に聖所のなかを横一列になって歩ませたり、聖人暦にしたがってそれぞれが象徴的意味をもつ花束で祭壇を飾ったた

アザミ

り、ひとことで言えば、その最も妙なる部分における自然を、つまりフローラということですが、それを各儀式に結びつけるということは。」

「たしかに！」ふたりの神父が同時に叫んだ。

「ではそのご立派な夢が実現されるまで、私はこの菜園の手入れに精を出すとしましょう。おいしいポトフをみなさまにお出しできるようにね。勝手知ったるなんとかですよ。みなさまの模造教会づくりと違って、しっかりと地に足がついていますから……」

「じゃあ私は、今度は食物の象徴学についてあれこれ考えてみましょう」とデュルタルは言って、懐中時計を引っ張り出した。「そろそろ昼食の時間ですね。」

遠ざかろうとする彼を、プロン神父が笑いながら呼びとめた。

「あなたの来るべき大伽藍において、聖コロンバンのための壁龕は用意されていないようですが、もしかしたら、この聖人の生地であるアイルランド固有か、あるいはそれに近い禁欲的植物でその下絵を描くことができるかもしれません。」

「アザミですね。苦行と悔悛の象徴、「禁欲を忘れるな」のしるし。スコットランドの軍隊を律しています」とデュルタルは応じた。「でもなぜ、聖コロンバンのために祭壇を?」

「それはですね、彼をめぐる忘却が著しく、今日加護を祈られることの最も少ない聖人だからです。ほんとうはわれわれ現代人がいちばんうるさくお出ましを願う必要のある聖人かもしれないのですがね。どの聖人に何を祈ればよいかという昔の手引きによれば、彼は愚者たちの守護聖人なのですから。」

「まさか!」ジェヴルザン神父が叫んだ。「だってそうでしょう、神のことであれ人間のことであれ、かつて最高度の知性を示した人間がいたとすれば、それは、だれあろうこの偉大な神父、さまざまな修道院の礎を築いたこの聖人なのですよ。」

「いや、ですから聖コロンバンその人が愚かな精神の持ち主だったというわけではありません。生者の大多数を占める愚か者を守護するという使命が、ほかの誰にもましてなぜ彼に授けられたのか、それは知りませんけど。」

「それはたぶん、精神を病んだ者を癒し、悪魔に憑かれた人を解き放ったからではないですか」とジェヴルザン神父があえて口に出した。

「まあいずれにしても」とデュルタルは締めくくった。「礼拝堂をこの聖人のために建てても無駄でしょうね。ずっとからっぽなままでしょうから。誰もお祈りになんか来ませんよ、彼には気の毒ですけど。だって、愚者の愚者たるゆえんは、自分はそうじゃないと思い込むところにあるのですから。」

「じゃあ、仕事のやりようのない聖人ということになりますね。」バヴォワル夫人が言った。

「これからみつかるというものでもないですしね」とデュルタルは立ち去りながら答えた。

神の動物

（『大伽藍』第十四章）

ハルピュイアイ

これじゃあまるっきりぐちゃぐちゃで、わけがわからないな、この善と悪の動物誌ってやつは、とデュルタルは叫び、ペンを置いた。

彼は朝から中世の象徴的動物誌に取り組んでいた。はじめのうち、この研究は、ドイツ・プリミティフの画家たちについて書こうとしたあの論文に比べれば、もっと目先が変わって、それほど難しくもなく、またそんなに長く論じないでも済むように思われた。ところがいまでは、書物やノートを前に途方に暮れてしまっている。導きの糸を探ろうにも、目の前に積まれた相矛盾しあう文献の山にまぎれたままなのである。

順を追って整理してみよう、と彼は思った。もっとも、こんながらくた置き場のような混乱のなかにも、取捨選択の道があるとしての話だが。

中世の動物誌には、異教の怪獣たちも登場する。人面羊身のサチュロス、半獣神ファウヌス、スフィンクス、女面鷲身のハルピュイアイ、半人半馬のケンタウルス、七つの頭をもつ蛇ヒュドラ、小人族ピグミー、半人半魚のセイレーン。それらはすべて、動物誌作者にとってはサタンの成り変わりであ

ヒュドラ

る。だから、それらの意味するところについて探求の余地はない。古い時代の残滓というにすぎないのだ。そこで、神秘動物学の真のみなもとは、神話にではなく、聖書にこそ求めなくてはならない。聖書は動物を清き獣と不浄の獣に分け、美徳と悪徳とをそれぞれ担わせ、ある動物の種属のうちには天上の人物を、別の種属のうちには悪魔をほのめかす。

以上が出発点となるが、つぎのことも注記しておこう。すなわち、家畜の典礼学者は獣と動物という区別をし、前者のうちには馴化しがたい生き物と野獣を、後者のうちには柔和で臆病な性格をもつ動物、いわゆる家畜種を入れたのである。

さらに指摘しておこう。教会の鳥類学者にとって鳥は義人であったこと。一方、中世の作者たちが好んで模倣したボエースは、逆に、不実という評判を鳥に与えたこと。また、聖メリトンは、鳥をしてかわるがわる、キリストの、悪魔の、そしてユダヤ民族の瓜二つとみなす。最後にもう一つつけ加えておこう。サンヴィクトールのリシャールは、こうした見解にはおかまいなしに、鳥類のうちに内面生活の象徴をみている。四足獣に外面生活のイメージをみたように…… まあわれわれも似たり寄ったりだが、とデュルタルは

セイレーン（ショービニー、サン・ピエール教会）

つぶやいた。

それにしても、どうもピンとこない。もっと別の、もっと緻密で明解な分類をみつけることだ。

博物学上の区分はここでは無用だろう、というのは、両生類も爬虫類も象徴学のリストでは区別されないことがしばしばである。いちばん手っ取り早いのは、宗教的動物誌をふたつの大きなクラス、現実の動物と空想上の動物とに区分することだ。このカテゴリーのどちらか一方に属さないような動物は、一種類たりとも存在しないわけだから。

デュルタルは少し考えたのち、またつづけた。

しかしながら、全体像をもっとはっきりさせ、カトリック的神話学においていくつかの動物の種属が占めている重要性をよりよく評価するためには、神、聖母、および悪魔をあらわす動物を、ほかの解釈が妥当だと思われる場合にはあらためて取り上げるとしても、まず脇に置き、福音史家たちと合致する動物も同様に選り分けておくのがよいだろう。

こうして最上のランクを除外しておけば、あとは雑魚どもを検討することができ、ありふれたものから驚異のものまで、さまざまな種類の動物が織りなすイメージ豊かな言語世界を描き出すことができるだろう。

神をかたどる象徴的動物誌は多彩である。聖書は、救世主キリストをほのめかす動物たちであふれ返っている。

ダビデは主イエスをその人となりにおいて、群れを離れたペリカン、巣のなかのフクロウ、屋根の上の孤独なスズメ、ハト、喉の渇いたシカなどに喩えている。「詩篇」は、主の美質や名称のアナロジーを集めたようなものだ。

他方、セビリアの聖イシドロ、昔の博物学者流に呼べば聖イシドロ猊下だが、彼はイエスを、その無垢のゆえに仔ヒツジになぞらえている。また、群れのリーダーであるがゆえに牡ヒツジに、いやそれどころか、牡ヤギにさえなぞらえている。罪ある肉体と似ているからというのだが、なるほどそれは贖主イエスも認めたところだ。

ウシや牝ヒツジや仔ウシ、つまり生贄の動物にキリストの肖像をもとめる者もいる。また別の者にとっては、四大（界）を象徴する動物、すなわちそれぞれに大地の王、大気の王、海洋の王、火の王であるところの、ライオン、ワシ、イルカ、火トカゲがそれにあたる。また聖メリトンのごときは、仔ヤ

ケンタウルス（イソワール修道院）

「ヘント祭壇画」の中の〈仔羊の礼拝〉
ファン・アイク兄弟（1432）

ラクダ（C・ゲスナー『動物誌』）

ギヤマダラシカでキリストを喚起し、ラクダにまでその範囲を広げるが、しかしながら同じ著者の異本では、ラクダは見せびらかしの欲望やおべっかを使う傾向の擬人化なのである。さらにはまた、聖ウーシェのように、スカラベにキリストをみる者もいる。ミツバチにみる者もいるが、ラバン・モールによればミツバチは汚らしい漁夫とみなされている。最後に、特に不死鳥フェニックスと雄鶏をえらんでキリストの復活を、サイとスイギュウをえらんでその怒りと力とを象徴させたい者もいる。

聖母マリアの図像学はそれほど密ではない。聖母を讃えるものとしては、清らかで優しい被造物なら何でもよいのである。『修道院の誉れ』のなかでイギリスの無名氏は、あのミツバチ、マインツの大司教によって大いに貶められたのをいましがた確認したばかりだが、そのミツバチの名で聖母を呼んでいる。しかし聖母マリアは特にハトと同一視された。ハトはおそらく、教会の飼育係がいちばんよく世話をした鳥である。

すべての神秘家にとって、ハトは聖母と聖霊の似姿である。聖女メクチルドによれば、ハトはイエスの純真無垢な心そのものだという。アマラ・フォルチュネールとシャルトルのイヴによれば、ハトは説教者を、行動的な宗教

ハト（C・ゲスナー『動物誌』）

生活をあらわすが、それは瞑想生活をあらわすキジバトの場合と好対照である。なぜそうなるのかといえば、ハトが群れをなして飛んだり啼いたりするのに対して、キジバトは一羽ずつ孤独に遊ぶからだ。

アスティのブリュノンにとっては、ハトはまた忍耐のモデルであり、預言者たちの似姿である。

地獄の動物誌はどうかといえば、これはもう見渡すかぎりに広がっている。空想上の動物たちの世界がまるごとそこに呑み込まれるし、ついで、現実の動物たちの列がつづく。ヘビ、聖書に出てくる毒ヘビ、サソリ、イエス自身によって名指されたオオカミ、偽救世主を示すとして聖メリトンに告発されたヒョウ。そしてトラ。その牝は尊大という罪を負う。それからまたハイエナ、ジャッカル、クマ、「詩篇」において主の葡萄畑を荒らすイノシシ、カプーのピエールによって偽善的な迫害者に、ラバン・モールによって異端の手先に見立てられたキツネ。野獣はまだほかにもいる。つぎに、ブタ、呪いの道具となるヒキガエル、サタンそのものの肖像である牡ヤギ。イヌ、ネコ、ロバ。中世の魔女裁判においては、それらの姿のもとに悪魔がはびこるとされた。クレールヴォーの無名氏によって忌み嫌われたヒル。方舟を出たきり

サソリ（イソワール修道院）

ライオン（アミアン大聖堂）

戻らなかったカラス。それは悪意をあらわし、一方戻ってきたハトは徳をあらわすと聖アンブロワーズは言う。ヤマウズラ。この鳥は、同じ著者によれば、他の鳥の卵を盗み、抱く。

テオバルトの言うところを信ずるとすれば、悪魔はさらにクモによってもあらわされる。クモは、悪魔が教会を恐れるのと同様に太陽を恐れ、好んで昼よりは夜に巣を張るが、それこそ、眠り込んで身を守る術もない隙を狙って人間を襲うサタンをまねた手口である。

最後に、悪魔はライオンやワシの姿も借りるが、もちろんその場合、ライオンやワシは悪い意味において捉えられている。

色と花の象徴学においてみられたのと同様の事実が、象徴的動物誌においても繰り返されるんだな、とデュルタルは思いをめぐらすのだった。二面性というやつだ。中世の判じ物めいた紋章の研究には、宝石の部分をのぞいて、恒常的にといっていいくらいに、対立する二つの意味が存在しつづけるのである。

たとえば、聖女ヒルデガルトによって「神の熱情の形象」とされるライオン、神の子の似姿たるこのライオンが、サンヴィクトールのユーグによれば、

ワシ（ロゼム修道院）

残忍さの象徴となるのだ。詩篇のテクストをもとに、生理学者たちは、ライオンを悪魔と同一視している。じっさい、人間を餌食にするライオン、餌食に向かって飛びかかるライオンがいるわけで、ダビデはそれを、人々の足で踏みつけられる龍とひとくくりにしている。また、その最初の書簡のなかで聖ペテロは、咆哮するライオンを示して、それはキリスト教徒をむさぼり喰らうべく探し求めている姿だという。

　ワシもまた同様で、サンヴィクトールのユーグは高慢の化身とみなしている。アスティのブリュノン、聖イシドロ、聖アンセルモらによって、人間を漁《すな》どる者としてのキリストを祝すべく選ばれたワシ、それというのも、空の高みから襲いかかって、泳ぐ魚を水面すれすれに捕らえ、連れ去るからであるが、そのワシが、すでに「レビ記」および「申命記」において、けがれた動物の列に分類され、まさに猛禽の性格そのままに、悪魔のもどきに変身して人々を運び去り、その肉を食いちぎるのである。

　総じて、猛獣や猛禽や爬虫類のたぐいは、すべて悪魔の化身というわけだ、とデュルタルは結論づけた。

四足獣に移ろう。福音史家にかなう動物はよく知られている。

聖マタイは受肉のテーマを発展させ、救い主キリストの系統学をつまびらかにするが、彼の紋章はあくまでも人間である。

聖マルコは「神の子」のとくに奇跡を起こす力に関心を寄せ、その教義よりも奇跡の数々や復活について好んで語ったが、彼がおのれの象徴とするものはライオンである。

聖ルカはイエスの徳を、またその苦悩を、忍耐を、慈悲を、何にもまして取り上げ、したがってイエスの自己犠牲ということにこだわるが、彼は牡ウシと仔ウシの紋章でおのれを飾る。

聖ヨハネは何よりもまず御言葉の神性というものを公に認めるが、彼の場合はワシがおのれの紋章である。

牡ウシ、ライオン、ワシにそれぞれ与えられた象徴内容は、これら福音史家の各々の個人的特徴やその行動の目的とするところに見事に合致している。ライオンは全能を象徴するものだが、同様にじっさい、復活を寓意してもいるのだ。

昔のあらゆる生理学者、聖エピファーネ、聖アンセルモ、シャルトルの聖

四福音史家
（シャルトル西正面扉口タンパン）
中央：キリスト、右上：ワシ（ヨハネ）、右下：ウシ（ルカ）、左下：ライオン（マルコ）、左上：人間（マタイ）が中央のイエスを囲む

ライオン（イソワール修道院）

イヴ、アスティの聖ブリュノン、聖イシドロ、アダマンティウスらが認めている伝説というのがあって、それによれば、ライオンの仔は誕生後三日間は死んだように動かないが、四日目、父親の咆哮を聞いて眼をさまし、隠れ穴の外へ生き生きと飛び跳ねてゆく。そう、ちょうどキリストが、死の三日後に自分の墓を出、父なる神の呼びかけに応じて復活するように。

ライオンは眼を開けたまま眠るということも信じられていて、それゆえ、覚醒の象徴ともなった。また聖イレールと聖アウグスティヌスは、この休息の仕方に、贖主イエスの、人間としてまぎれもない死を死んでいながら、墓のなかでも消えなかったその神としての本性へのほのめかしを見た。

もうひとつ、ライオンは砂漠の砂の上につけた自分の足跡を尻尾でもって消すということもたしかなように思われていたので、ラバン・モール、聖エピファーネ、聖イシドロらは、この動物が神性を肉体的特徴のもとに覆い隠す主イエスを意味するとした。

「とんでもないな、ライオンてやつは!」デュルタルは叫び、「それからと」とノートを見ながらつづけた。ウシはもっと控え目だ。ウシは力と人間性双方の模範である。聖パウロによれば、ウシは聖職を組み立てる。ラバン・モ

ウシ（アミアン大聖堂）

ールによれば説教師であり、ペトリュス・カントールによれば司教職である。なぜなら、この者の言うところでは、司教は司教冠をかぶっているが、その二つの角がウシのそれに似ているからであり、また司教は、旧約と新約と二つの聖書の知恵であるその角を使って、異端者たちの腹を引き裂くのである。しかし、こうした巧みな解釈にもかかわらず、ウシは、つまるところ生贄とされる動物、供犠の動物である。

　ワシについていえば、すでに述べたように、人々のもとに駆けつけてその心を捕らえる救い主キリストのことであるが、なお異説が、聖イシドロとボーヴェのヴァンサンによってつけ加えられている。

　それによれば、ひなに試練を与えたいと思うワシは、爪でひなを持ち上げて太陽の前を滑空し、その開きかけた瞳に白熱した日輪を直視させようとする。燃えさかる太陽の光に目が眩んだひなを、親鳥がそれを爪から離して空中に置き去りにしてしまうのである。同様に神も、愛に満ちた瞑想のまなざしを自分に向けることができない者に対しては、これを斥けてしまう。

　ワシはさらに復活の象徴であり、聖エピファーネと聖イシドロは、それをこんなふうに説明する。

ドラゴン

ワシは、年老いると、遠く飛び去って羽に火がつくぐらいに太陽の近くをかすめ、その炎で生気を取り戻すと、今度は泉にもぐってそこで三度水浴し、めでたく再生を果たしてそこを離れるというが、これは、ダビデ王の唱句、「汝の青春はワシのそれのごとく甦るであろう」を敷衍《ふえん》してはいまいか。最後に、パッツィの聖女マドレーヌは、ワシを別様に考察し、慈愛にもとづく信仰の似姿とみなしている。

やれやれ、こうした資料もわが論文のなかにしかるべく位置づけないといけないわけだ、とデュルタルは、紙ばさみのなかにメモの類を整理しながら、長嘆息をついた。

さあ今度は、東方起源の幻想的動物誌をみる番だ。ヨーロッパへは十字軍によってもたらされ、彩色絵師や彫刻師の想像力によって変形を蒙っている。まず最初に龍だが、古代の神話や聖書のなかでもすでに跳梁跋扈《ばっこ》している。デュルタルは立ち上がり、書架に行って、ベルジェ・ド・グジヴレの『奇形伝説』という本を取り出してきた。この本には、中世において子どもたちに大いに読まれたかのアレクサンダー大王の物語の長い抜粋が含まれていた。

グリュプス

「龍は」とこの物語では語られている、「ほかのいかなるヘビよりも大きく、長い……龍が空中を飛ぶと、吐き出されたその毒気で空気はひどく濁ってしまう……毒気ははなはだしく、人がそれに汚染されると、燃え上がる火に包まれたような感じになり、皮膚はまるで火傷を負ったかのように焼けただれてしまう。」さらに作者はつけ加える、「海はその毒気で膨れ上がる。」

龍はとさかをもち、爪は鋭く、口からはシューシュー音をだす。最強といってもいい動物である。アルベール・ル・グラン（アルベルトゥス・マグヌス）はしかし、こう主張する。魔法使いが龍を飼い慣らそうとする場合には、太鼓を力まかせに叩く。すると龍は恐くてたまらない雷のとどろきを聞いているものと思い込み、たやすく言うことを聞くようになるのだ。

この空飛ぶ爬虫類の宿敵はゾウである。ゾウは、全体重をかけて龍にのしかかり、押しつぶしてしまうこともある。だがたいていの場合は、自分の血をすすって生き返る龍に殺されてしまう。血の冷たさが、みずからの毒気からもたらされた灼けつくような耐えがたい激痛を鎮めてくれるのである。

この怪獣のつぎに控えているのはグリュプスだ。四足獣と鳥の両方を兼ね備える。なぜなら、ライオンの体を持ち、ワシの頭と爪をもつからだ。つぎ

バシリスク

に、ヘビの王とみなされているバシリスク。大きな四つ足と、木の幹ほども太い白斑のある尾を持つ。その頭部には王冠状の冠羽があり、その声は耳をつんざくよう、そしてその眼差しはきわめて鋭く、さきほどのアレクサンダー大王の物語によれば、「裏の裏まで射抜くので、他のいかなる毒ヘビ毒虫にもまして危険であり死をもたらすものである」。吐く息も劣らずに危険であり、おぞましい。というのも、「その息からは悪臭を放つものがいろいろと出てくるからであり、バシリスクはたとえ死につつあるときであっても、吐く息が放つ耐えがたい悪臭に、ほかの動物たちはみな逃げてしまう……」

その天敵はイイズナ（イタチ）であって、「ネズミのように小さい獣」であるにもかかわらず、バシリスクの喉を噛み切って殺すのである。かくして神は、理をもって不公平なく万物をつくり給う、と中世の敬虔な著者は話を締めくくっている。

でもなぜイイズナなのか。理由はよくわからない。せめて、教父たちがお墨付きを与えたあの役に立つ小動物であってくれればよいのだが、全然そうではない。

イイズナは隠し立てと堕落の見本であり、道化師のおぞましい生活と対に

灰の中から現れるフェニックス

なっている。さらに言えば、この肉食獣、口を介して子を宿し、耳を介して子を産むとされており、聖書では不浄な生き物のうちに分類されている。

このいわば動物学的ホメオパシー（同毒療法）は、いささか支離滅裂なのだ、とデュルタルは考えた。でなければ、たたかうこの二種の動物双方が有する似たような特徴は、つぎのことを意味することになろう。すなわち、サタンはみずからをむさぼり食うと。

つぎにお出ましはフェニックスだ。「羽のきわめて美しい鳥で、クジャクに似ているが、いとも孤独で、トネリコの実を食べて生きる。」その羽色は深紅に二重の金箔を張ったようで、また、灰から甦るとされていることから、変わることなくキリストの復活を一身に体現する。

さてつぎに一角獣。これは神秘的博物学が生んだ最も驚くべき創造物のひとつである。

「一角獣はきわめて残酷な獣で、ウマに似たがっしりと大きい体をしている。その武器は三尺ほどもある長大な角で、あまりにも鋭利かつ堅牢であるため、その角が貫くことのできないものなど存在しない。一角獣を捕まえようとするなら、この獣がえさ場とし塒とするような場所をつきとめて、そこ

一角獣
（クリュニー美術館）

に処女を連れてくることだ。一角獣がその女を目にとめて、まさしく処女であることがわかると、彼女の膝に寄ってきて横たわり、いささかの危害も加えずに眠り込んでしまう。そこへ狩猟係が登場、首尾よく殺害ということになる…… また逆に、にせの処女ということになると、一角獣は傍らに横たわろうなどという気にはまるでならずに、その堕落した娘を殺してしまう。」

こうしたことから一角獣は、純潔を証し立てるものの一つとされている。そう、聖イシドロもふれているもう一つの驚くべき動物、ポリフィリオンと同じである。

この獣の片脚はヤマウズラに似ているが、もう一方の脚にはガチョウのそれのように水かきがある。そのなんともユニークなところは、不貞を愁い鳴くということと、飼い主を心底愛するあまり、その飼い主が妻に裏切られたとわかると、同情心で胸をかきむしられ、死にいたるということだ。道理で、なんともあっけなく絶滅してしまうわけだ！

さてと、まだまだ分類すべき幻獣が残っているぞ、とデュルタルはつぶやき、書類の山をあらためてひっかきまわした。

まずみつかったのはヴィーヴルというメリュジーヌの一種で、半分女で半

セイレーンとヴィーヴル（ル・ピュイ、サン・ミッシェル寺院）

分ヘビの、きわめて残忍な獣だ。悪意に満ち、情け容赦がないと聖アンブロワーズは確言している。つぎにマニコール。人面に青緑色の眼をして、深紅のたてがみはライオン、尾はサソリ、飛ぶ姿はワシである。飽くことなく人肉を求めて、満ち足りるということがない。レオンクロット。雄のハイエナと雌のライオンのあいだに生まれた獣で、体はロバ、脚はシカ、胸は野獣、そして頭は恐ろしい牙をそなえたラクダだ。タランド。サンヴィクトールのユーグによれば、胴はウシ、横面はシカ、毛はクマだが、カメレオンのように色を変える。そして最後は、海坊主。これがいちばん驚きの生き物だ。というのも、ボーヴェのヴァンサンの伝えるところでは、びっしりと鱗で覆われ、また腕の代わりに鉤のたくさん逆立った鰭を持つその胴体の上で、つるつるの坊主頭がうごめくのだが、顔のほうはコイの面のように先細になっているというのだから。

中世の動物誌はほかにも数々の幻獣を作り上げているが、要するにそれはあの水落しの怪物ガルグイユ像、おぞましい悪徳を体現して聖所から放り出されたあの混種の生き物に尽きる。通行人は、その怪物が口を大きく開けて樋のごみを吐き出す姿をみて、教会を一歩出るや、そこは精神の死体のさら

ガルグイユ
（ノートル・ダム・ド・パリ）

し場であり、魂の汚水だめにほかならないことを思い知らされるのである。でもまあ、とデュルタルはたばこに火をつけながら思った。この分類で十分という感じだ。それに、象徴という見地からしても、この動物づくしはあまり興味をそそられるものではない。ヴィーヴルだろうとマニコールだろうとレオンクロットだろうとタランドだろうと海坊主だろうと、変わるところがないからだ。つまり、どれもサタンの化身。

デュルタルは時計を引っ張り出し、おや、とつぶやいた。夕食まではまだ時間があるので、現実の動物たちの世界をすこし見てみるとしようか。そうして彼は、家禽類のリストをぱらぱらとめくった。

ニワトリは、と彼は言った。祈り、用心、説教者、復活。というのは、夜明けとともに目をさますから。クジャクは、あるいにしえの作者によれば、「悪魔の声と天使の尾」を授けられており、矛盾対立する思想を一身に集める。そこに含まれるのは、パドゥの聖アントワーヌによれば、高慢、不死、それからまた、羽についたあの眼状斑のゆえに、用心。ペリカンは瞑想をあらわすが、パッツィの聖女マドレーヌによれば、慈悲と愛の形象でもある。スズ

クジャク

牡ヒツジ（モンマジュール修道院）

メは悔悛した孤独の、ツバメは罪の、それぞれ形象。ハクチョウは、ラバン・モールによれば高慢の、トマ・ド・カタンプレによれば用心と気遣いの、ナイチンゲールは、聖女メクチルドによれば情愛深い魂の、それぞれ形象だ。この聖女はまたヒバリを、喜びをもって善行をなす人々に見立てている。ついでに指摘しておけば、ブールジュのステンドグラスには、ヒバリは病者に向けられた慈愛のしるしとして描かれている。

サンヴィクトールのユーグが定義する例もあって、それはこんな具合だ。彼にとっては、ハゲワシは怠惰のしるし。トビは強欲。カラスは中傷。フクロウは心気症。ミミズクは無知。カササギはおしゃべり。ヤツガシラは不潔と悪評。

いやはや、なんともごちゃごちゃしているな、とデュルタルはため息をついた。哺乳類や他の動物の場合も同じでないといいのだが。

彼はいくつかの種属を抜き出してみた。ウシ、仔ヒツジ、牝ヒツジ、これはもう済んでいる。牡ヒツジは温和と内気の典型であり、聖パコームはこの動物に、勤勉かつ従順に生きて兄弟たちを慈しむ修道士の姿をみている。聖メリトンは聖メリトンで、ダチョウには偽善、サイには世俗の権力、クモに

クジラに呑まれるヨナ

は人間的弱さという意味をそれぞれ与えている。ついでながら指摘しておけば、甲殻類のうち、ザリガニは異端を、シナゴーグ（ユダヤ教会堂）をあらわす。なぜなら、後ずさりして歩くザリガニは、善行の道を逆行することになるからだ。魚類ではクジラが墳墓の象徴であるが、クジラに呑まれて三日後にその腹から出てきたヨナが、復活したイエスの象徴であることに準じている。齧歯類ではビーバーが用心深いキリスト教徒の似姿であるが、言い伝えによれば、ビーバーというのは、猟師に追われると海狸香の詰まった嚢を歯で食いちぎって、それを敵に投げつけるというからだ。であるからして、ビーバーはまた、人を躓かせるような、そうして堕落の元となるようなメンバーは切り捨てなければならないとする福音書の章句を、動物界に翻訳したものだともいえよう。さあもうこのくらいにして、野獣の檻へと移ろう。

サンヴィクトールのユーグによれば、オオカミは吝嗇を、キツネは狡猾さをあらわす。アダマンティウスは、イノシシのなかに激昂のあらわれを、ヒョウのなかに怒りと計略と横柄さのあらわれをみている。ハイエナはどうかといえば、牝になったり牡になったりが自在で、取り違えるほど人間そっくりの声を出すこの獣は、偽善を絵に描いたような生き物だ。それに対してヒ

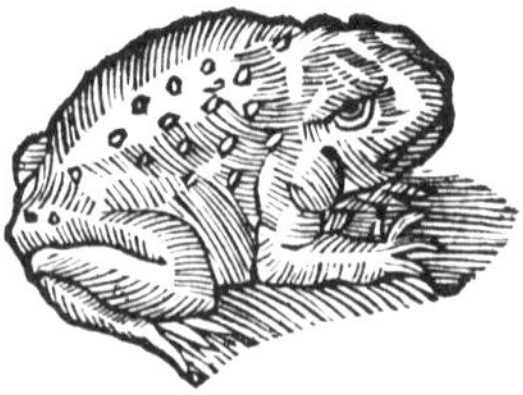

カエル（C・ゲスナー『動物誌』）

ヨウは、聖女ヒルデガルトが示すように、その斑紋の美しさから、むなしい栄光の象徴でもある。

牡ウシやヤギュウやスイギュウについては、長々と述べる必要はあるまい。神秘家たちはそれらの動物のなかに、粗暴な力や高慢のあらわれをみている。牡ヤギとブタ、この二つは淫欲と放蕩の器である。

ヒキガエルがこれに加わる。不浄の生き物で、悪魔の衣装でもある。悪魔はヒキガエルの姿を借りて、聖女たち、たとえば聖女テレジアの前にあらわれるのであるから。カエルも気の毒ながら、ヒキガエル同様に評判が悪い。どちらも両棲類で似ているのだ。

評判がよいのはシカである。聖ジェロームとカシオドロによれば、悔悛の秘跡か殉教によって罪をうち砕くキリスト教徒のお手本である。詩篇においては神の肖像でもあるシカはまた、洗礼を望む異教徒でもある。さらに言い伝えによれば、シカはヘビすなわちサタンの恨みを買うという。その恨みたるや激越なもので、ヘビはスキをみてシカに襲いかかり、むさぼり食ってしまう。だが、それから三時間何も飲まずにいるとヘビは死んでしまうのである。そこでヘビはあわてて森のなかを這いまわって泉を探す。もし泉がみつ

ハリネズミ

かって渇きを癒すことができれば、ヘビは数年若返ることができるという。牝ヤギ。これはときに目が悪いとみなされて牡ヤギと混同されるが、多くの場合はキリストを指す。聖母マリアがキリストを牝ヤギにたとえたからである。ハリネズミ。これは穴に隠れる習性があるので、聖メリトンによれば罪深き人を模写している。またカプーのピエールによれば、悔い改めた者。ウマはどうか。ペトリュス・カントールとアダマンティウスはウマを虚栄と自惚れのあらわれた生き物とみなし、謹厳で質素なウシと好対照であるとしている。

しかしながら銘記すべきは、問題に別の光をあててますます混乱させる結果になるだけかもしれないが、聖ウーシェがウマを聖人と同じに見ていることであり、またクレールヴォーの無名氏がウシを悪魔に見立てていることであろう。

かわいそうなのはロバだ。ほとんどろくな扱いを受けていない。たとえばサンヴィクトールのユーグによって愚劣のレッテルを貼られるかと思えば、聖グレゴワール・ル・グラン（大グレゴリウス）によって怠惰の烙印を押され、カプーのピエールによっては邪淫の嫌疑までかけられる始末だ。しかし

イヌ（C・ゲスナー『動物誌』）

ネコ（T・M・ハリス『聖書の博物誌』）

ながら、つぎのような場合もあることを指摘しておかなければならない。聖メリトンは、ロバを、その謙虚さのゆえにキリストに結びつけており、またいくたりかの注釈学者たちは、枝の主日（復活祭一週間前の日曜日）にイエスが乗ったロバの子を異教徒の形象とし、それを産んだ牝ロバをユダヤ人の形象としている。

おしまいに、人間とつきあいの深い二種の家庭動物、イヌとネコについてだが、どちらも神秘家たちには嫌われるのが常だ。

イヌは罪深い者の見本だとペトリュス・カントールは言い、よく争いを好む獣だとサンヴィクトールのユーグはつけ加えるが、吐き戻したものをまた口にする習性が、つまりは過ちを繰り返す喩えに使われるようだ。イヌはまた、ヨハネ黙示録に語られているような、そして聖地イェルサレムから追放されなければならないような、あの神に見放された者たちをあらわす。さらに、聖メリトンからは背教者の名で呼ばれ、聖パコームには強欲な修道士として扱われているけれど、ラバン・モールによっていくらかこの締め出しの状態から救われ、聴罪司祭の象徴というありがたい役割を与えられてもいる。

ネコは聖書にたった一度しか登場しないが、いにしえの博物学者たちから

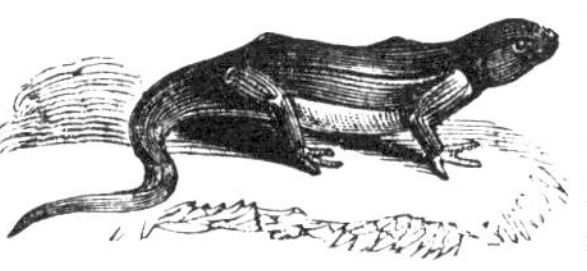

トカゲ（T・M・ハリス『聖書の博物誌』）

ヘビ（アダムとイブ、ボエーズ寺院の柱頭）

は断罪されるのが常である。彼らはネコを裏切りと偽善の拵えものだと決めつけて非難し、自分の毛皮を悪魔に売るものだから、悪魔はネコの姿を借りてまんまと人の目をごまかすことができるのだといって責めるのである。

デュルタルはさらに何ページかめくって、野ウサギは内気と臆病を暗示することを確認した。同様に、カタツムリなら怠惰だ。それからまた、軽率であり嘲笑的な態度を示すといってサルを非難するアダマンティウスの意見を書き留めた。地を這い壁に身を隠すトカゲは、ヘビと同じく悪の紋章であるとするカプーのピエールとクレールヴォーの無名氏の意見も。さらに、クサリヘビ（マムシ）にキリストが与えた忘恩という特別な意味も書き留めた。なぜ特別かといえば、キリストはその言葉でユダヤ人という人種を特徴づけたのだから。さてそこまでメモが済むと、デュルタルは、ジェヴルザン神父を待たせてはいけないと、急いで身支度をはじめた。プロン神父とともにジェヴルザン神父宅で夕食をいただくことになっていたからである。服にもう一回ブラシをと追いすがるムジュラ夫人を振り切って、彼は転げるように階段を駆け降り、神父の家に到着した。

バヴォワル夫人がドアを開けたが、袖をまくって日に焼けた腕をみせながら、縁なし帽を斜めに乗せた髪の毛の下から、台所の火で真っ赤に上気した頬を突きだした。ビーフシチューを作っているところなんですと言う。肉は仔ウシの足の膠で柔らかくし、コニャックを適量振り入れて風味をつけるのだそうだ。とそのとき夫人は、やかんがひゅうひゅう音をたてたのにびっくりして、あわてて引き返した。やかんからは熱湯が、さかりのついたネコの絶叫のような音とともに、真っ赤に焼けたかまどの板に噴きこぼれている。

デュルタルの眼にジェヴルザン神父の姿が入った。リューマチでつらそうだが、しかし相変わらず我慢強く、陽気である。二人はしばらくおしゃべりした。それから、デュルタルが机の上に散らかった細かいゴムのかけらに目を落としているのに気づいて、神父は言った。

「それはですね、シャルトルのカルメル修道会からもらった香です。」

「はあ。」

「ほら、カルメル修道会の人たちというのは、本物の香しか焚かんでしょう。そこで、そのサンプルをちょっと借りてきたんです。われらが大聖堂にも同じくらい質のよい樹脂を買ってもらうためにね。」

「でも、そんなの、どこでも作っているんじゃありませんか。」

「ええ。店に行けばだいたい三種類が売られています。雄香というのが最良で、まあ混ぜものがないとすればですが。つぎに雌香。これはすでに赤味がかった不純物やマロンと呼ばれるかわいた塊がたくさん混じっています。そして粉末香。これはもうたいていの場合、質の悪いゴムと安息香の混合物にすぎません。」

「で、神父がお持ちのそれは？」

「雄香です。ごらんなさい、この細長い涙、この褪色した琥珀の透きとおるような雫。大聖堂で使われているものとのなんたる違いでしょう。あれは土色だし、割れているし、粉っぽいし、賭けてもいいですけど、あのマロンは炭酸石灰の結晶であって、純粋な樹脂の真珠なんかではありませんよ。」

「あのですね」とデュルタルが言葉を発した。「この香をみていると、ふと、香りの象徴学なるものがあってもいいかなと思えてくるんですけど、そういうのはこれまでにあったのでしょうか。」

「さあどうでしょうか。でもまあ、いずれにしてもきわめて単純でしょうね。典礼で使う芳香を放つ物質というのは、四つしかありませんから。すな

ハッカ

わち、香、ミルラ、ハッカ、タイム系。このうち、タイム系はさまざまな材料から作られますが、いまではあまり使われません。

それらの意味するところはご存じでしょう。香は神の御子の神性であり、神の現前における、さながら香の燻るように立ちのぼるわれらが祈りである、そうダビデは述べています。ミルラは悔悛であり、イエスの苦しみ多い人生であり、その死であり、殉教者たちであり、それからまた、オリエ氏によれば、ミルラが傷口の化膿を焼灼するように、罪びとたちの心を癒す聖母マリアでもある。ハッカは徳という言葉の作り替えです。しかし、典礼で使われる発散物の数はかぎられていても、神秘的な香気の放散となると話はちがって、無限に変化する感じとなります。ただ、われわれはそれについてごくわずかしか知識を持ち合わせていないのです。

われわれの知るところといえば、聖なる香気が悪魔の匂いを撃退するということ、神に選ばれた者の多くが、生前から、そして死後も、分析不可能な良い香りを発するということぐらいですか。たとえば、パッツィの聖マドレーヌ、ミュレの聖エティエンヌ、聖フィリポ・ネリ、聖パテルニアン、聖オメール、尊者フランソワ・オランプ、ジャンヌ・ド・マテルなど、枚挙にい

ジャスミン

とまがありません。

それから、われわれの過ちもまた、その種類に応じていろいろですけど、体の臭いを発するということですね。それを試すのが聖人たちで、体の臭いを嗅ぐだけで良心の状態を見抜くのです。ほら、クペルチーノの聖ジョゼフが、道で出くわしたある罪びとに向かって叫んだという、あれですよ。おや、きみはいやな臭いがしますね、身を清めなさい、とね。

聖なる香気に戻りますと、人によっては自然とみまがう性質を帯びて、ふつうの芳香と混同されることにもなります。

たとえば聖トレヴェレスはバラとユリとハッカと香の混じったような香りを発していましたし、ヴィテルブの聖女ローザはその名の通りバラの香りがしました。また、聖カジュタンはオレンジの花の、リッキの聖女カトリーヌはスミレの香り。聖女テレジアはユリだったりジャスミンだったりアイリスだったり。聖トマス・アクィナスは香。ポーレの聖フランチェスコは麝香。思い出すままに列挙してみましたが。」

「ええ。それから、聖女リドヴィーネはその病のあいだ、やはり心地の良い香りを発していました。潰瘍を患っていたのですが、それが香辛料のような香りを発散し、フランドルの家庭生活のエッセンスそのもの、シナモンを昇華させたようなエキスをしたたらせていました。」

「反対に」と神父が言葉を継いだ。「魔女の悪臭というのも、中世においては有名でした。祈禱師や悪魔学者たちの意見はみなこの点で一致しています。それからまたずっと語られてきたのは、悪魔があらわれると、硫黄のような嫌な臭いが独居房中にたちこめてなかなか消えないということですね。聖人が来てどうにか悪魔を追い払ったにもかかわらずです。

しかし、悪魔の髄の臭いというのは、シュタムベーレのクリスティーヌの生涯においても確かめられています。この聖女を相手にサタンが打ち込んだスカトロジックな悪行のことはご存じでしょうね。」

「いや、知らないです。」

「では、教えておきましょう。悪魔のその攻撃の話は聖人伝編集研究会員の手によって一部始終が伝えられました。彼らは、ドミニコ修道会の修道士でこの聖女の聴罪司祭だったダシエのピエールが書いた彼女の伝記を、年報に掲載したのです。

ニワトリ（写本聖書の中の挿図、十二世紀、ル・ピュイ）

クリスティーヌは、十三世紀半ば、一二四二年だったと思いますが、ケルン近郊のシュタムベーレかシュトムメルンに生まれました。

彼女は子どもの頃から悪魔につきまとわれました。悪魔は彼女に対してありとあらゆる術策を尽くしたんですな。ニワトリや牡ウシに形を変えて、あるいは使徒の姿を借りて彼女の前にあらわれたり、体やベッドをノミ、シラミの類にたからせたり、血の滲むほど打擲したり、それでもまだ神を否認させるにいたらないとみるや、またあらたな責め苦を思いつくのです。

悪魔は、彼女が口に運ぶ食物をヒキガエルやヘビやクモに変えました。そうしてどんなものに対しても一切食欲が湧かないようにしたものですから、彼女は次第にやせ衰えていきました。

食べたものを吐き戻す日々。助けてくださいと神にすがりますが、神は黙ったままです。

それでもまだ、聖体拝領があれば試練に耐えることができるわけですね。それを知っている悪魔は、その救いの場を彼女から奪い取ろうと秘術を尽くします。彼女が食べる聖体パンのうえに、さきほどのおぞましいヘビやクモになって姿をあらわし、あげくは、これぞ極めつけといわんばかりに、巨大なヒキガエルに変身して彼女の胸の谷間に棲みつくことを思いつきます。一目見たとたん、さすがのクリスティーヌも、恐怖で気絶してしまいました。だがそこで神が介入します。神の命令で彼女は、袖に手を包んで自分の胸とヒキガエルの腹の隙間に入れ、ぎゅっとヒキガエルを掴むや、石畳にたたきつけました。

ヒキガエルは、古靴のようにぐしゃっという音をたてて潰れたと、この聖女は語っています。

こうした類の責め苦は一二六八年の待降節までつづきました。実はそれからなのですがね、糞便による嫌がらせがはじまったのは。

ダシエのピエールの語るところによれば、ある晩、クリスティーヌの父親が修道院に彼女を迎えにやってきて、悪魔にこんなにも苦しめられているのだから、自分についてきてくれと懇願しました。二人は出かけました。もう一人のドミニコ会修道士ヴィペールが同行しました。シュタムベーレに着くと、幽霊の出る藁ぶき小屋に、土地の主任司祭と、ゴットフリートというブリュンヴィーレの小修道院長と、その修道院の衣食住係の三人が待っていました。一同は暖を取りながら、悪魔の仕掛けるさまざまな攻撃について話し合いました。と突然、あたりの様子が一変したのです。気がつくと彼らはお互いに糞まみれで、クリスティーヌはといえば、ダシエのピエールの言葉をそのまま使えば、パテのように糞を厚く塗り込められ、さらに奇妙なことにとピエールはつけ加えるのですが、糞は熱く、そのためにクリスティーヌは火傷をして、皮膚には水ぶくれがいくつもできていました。

この術策は三日間つづきました。三日目の夜になって、ヴィペール修道士が、もう堪忍袋の緒が切れたというように、悪魔祓いのための祈りの朗誦に取りかかりました。するとしかし、もの凄い叫喚が部屋を揺るがし、蠟燭はかき消され、修道士は目に糞のつぶての一撃を喰らいましたが、そのあまりの固さに、こう叫びました。「くそっ、片目になったわい！」

彼は手探りで隣室に運ばれました。そこには着替えの服が乾かされてあり、また洗浄のためにずっとお湯が火にかかっていました。彼は汚れを拭き取ってもらい、目を洗ってもらいましたが、さいわい、大したダメージは受けていませんでした。それで部屋に戻って、二人のベネディクト会修道士及びダシエのピエールとともに、朝課の朗誦をはじめました。ところがです、ミサの祈りを唱える段になって、その前にクリスティーヌの寝ている寝台に近づいてみると、驚愕のあまり、思わず手を合わせました。

彼女はまだ糞で汚れていましたが、すべてが一変していたのです。我慢の限界を越えていた悪臭は、なんとも言えぬ清らかな花の香りに変わっていました。クリスティーヌの諦念と神性が、魂を試そうとする悪魔の企みに打ち勝ったのです。一同は駆け寄って天に感謝の祈りを捧げました。とまあ、そういうことなのですが、この話、どう思いますか。」

「たしかに唖然とさせられますけど、そういう地獄の汚水だめのようなケースというのは、類例のないものなのでしょうか。」

「いや、あります。一世紀後、似たような事例がロイテのエリーザベト、福者ベトの身にも降りかかりました。そこでも悪魔は不浄ないたずらにうつつを抜かすのです。ベタのしとねの脇に糞便を垂れ、それを床に撒き散らし、あるいはそれでもって壁を塗りたくりました。さらにですね、近世になってからもこの種の悪行は行われ、それはたしかアルス……」

「でもまあ、あれこれうかがっても、香りの象徴学にこれといった展開はない感じですね」デュルタルが言った。「いずれにしても、範囲はかぎられているし、言及できる香りの種類も少ないですから。

甘松香（ナルド）

旧約聖書に、聖母マリアの先触れとなるような抽出エキスがいくつか出てきますが、なかにはまだ象徴的な意味を汲むことのできるものもありますけど。たとえば甘松香（ナルド）、センナ、シナモン。甘松香は魂の力を、センナは健全な教義を、シナモンは徳のありがたさをそれぞれあらわします。それからまた、ヒマラヤスギの束は、十三世紀には教会博士のしるしでした。そうしてあの三種の典礼に使われる芳香ですね。香、ミルラ、ハッカ。最後に、何を象徴するかは各聖人の人となりによってちがうあの聖なる香りと、動物の悪臭から腐った卵や硫化物のいやな臭いまでいろいろとある悪魔の臭気。

それで今度は、神に選ばれた者の各人各様の匂いというのは、その者が現世において模範を示した品性とか、あるいは著者として書き残した著作とか、そういうものを象徴する香りとはたして調和するものなのかどうか、確かめなくてはならないでしょうね。聖トマス・アクィナスの場合を検討すると、どうも調和するようですね。この聖人は聖体の秘跡についてすばらしい文章を作りましたが、自身、それにふさわしく馥郁たる香の匂いを発していました。またリッキのカトリーヌの場合も、彼女は謙虚さの模範ですけど、その匂いもまた、この徳の象徴であるスミレのような香りでした。ところがですね……」


そのときプロン神父が入ってきた。デュルタルから香りの神秘象徴学について話し合っている最中だと教えられて、こう言った。

「悪魔の香りということなら、肝心なことをお忘れですよ。」

「どういうことです？」

「ほかでもありません、悪魔が発するうっとりするようなまやかしの芳香というのがあるのですよ。そのおぞましい香りは二種類に分けられます。一つは、バレージュ織や鞍のかび臭い匂いが特徴です。もう一つは、聖なる香気の猿真似で、惹きつけられるような、誘惑されるような、甘美な息のひと吹きというやつです。悪魔はそのようにして、グスマンのドミニックを誘惑すべく取りかかりました。ドミニックに甘美な発散物をしみ込ませ、そうして栄達というむなしい考えを吹き込もうともくろんだのです。同じようなことを、ザクセンのジュールダンに対してもしました。彼はミサを執り行うさいに、息とともに何か心地よい香りを吐き出していたのですが、神の啓示でそれが地獄に由来するものであることがわかると、以後はきっぱりやめました。

あと、思い出されるのは、シャルルマーニュの愛人の死に関してケルスタニュスが語った世にも奇妙な逸話ですね。王はその女を寵愛していたので、腐乱しはじめてもなかなか遺体を埋葬する決意がつかずに、スミレとバラを混合した香水を吹きかけたりしていました。遺体の状態を調べてみると、口に輪が挟まっていましたので、それを引き抜きました。するとたちどころに悪魔の魔法が解けて、遺体は悪臭を発しはじめ、シャルルマーニュはようやく埋葬を許可することにしたそうです。

悪魔が使うのはこの人を惹きつける良い香りばかりではありません。別種の香りも使います。こちらは反対にいやな臭いがして、その目的は信者をいじめ、その祈りの邪魔をし、隣人を遠ざけ、そうしてあわよくば信者を絶望に陥れようというものです。でもまあ、悪魔が人の体にしみ込ませるこの種の悪臭というのは、誘惑の甘い香りと切り離せないところがあって、忍耐強い信者の、高慢にではなくて、その弱さや不安といった面に働きかけるわけですけどね。

さてと、実は別のお話があって来たのですが」とプロン神父は、デュルタルの方を向いて言った。「あなたが中世の象徴的動物誌を研究されていると聞いて、参考書目のタイトルをいくつかここに抜き書きしてきたんですよ。サンヴィクトールのユーグの『動物誌』はもう読みましたか。」

「はい。」

「よろしい。ほかに参照できるのは、アルベール・ル・グラン、グランヴィルのバルテルミー、ブレシュイールのピエールなどです。それから、動物説話集もまとめてこの紙に書き出しておきました。たとえばヒルデベルト、タンのフィリップ、ノルマンディーのギヨーム、メッスのゴーティエ、フルニヴァルのリシャールなど。ただ、入手となるとパリにまで行かなければなりますまい。」

「でも、たいして役に立たないような気もしますけど」とデュルタルは応じた。「いつだったか、それらの説話集のいくつかを調べてみたことがあるのですが、象徴学という見地からみて有益と思われるような資料は何一つみつかりませんでした。動物のおとぎ話めいた記述だけ、動物の起源や習性についての言い伝えだけなのです。ドム・ピトラの随筆集や拾遺集のほうがまだしもましですよ。それから聖イシドロ、聖エピファーネ、サンヴィクトールのユーグ、これで幻獣に関するイメージ豊かな言語世界は出揃ってしまいます。

事情はずっと同じなんです。中世以来、フランス語では、象徴学に関する包括的な仕事というのはただのひとつもありません。この主題を扱ったオベール神父の著作だってまやかしにすぎませんから。植物誌についても、もろもろの植物のカトリック的特性にまで及んでいるようなまともな手引きの書は、探してみても無駄というものでしょう。もちろん、『花言葉』というようなタイトルの、恋人たち向けの愚かしい本は論外です。『家庭料理全書』とか『夢占い』とかといっしょに、河岸の欄干に並べられているあれですけどね。色彩についても然り。地獄の色もしくは敬虔な色について書かれた詳しい資料というのは皆無ですし、じっさいまた、色彩を扱ったフレデリック・ポルタルの概説書というのもあるにはありますが、キリスト教的色彩学という見地からするなら、ほとんど何の意味もありませんからね。フラ・アンジェリコの作品の説明のために私は、神秘家たちの著作をあさって、彼らがそれぞれの色に付与している意味をあっちこっちと探しまわらなければなりませんでした。で、思い知らされたのですが、宗教的動物誌の研究についても同じ方法を採らなければならないわけです。専門書をいくら積み上げても何も期待できません。聖書と典礼という、象徴学のそもそもの源泉にこそ、探索の場をもとめるべきでしょう。そこでなんですが、神父さま、聖書における猛獣の扱いに関して何かご教示していただけないでしょうか。」

「いいですよ。ではまず……」

「お食事ができましたよ」とバヴォワル夫人が叫んだ。

ジェヴルザン神父が食前のお祈りを唱え、一同はスープを飲んだ。つぎに、パヴォワル夫人が牛肉にニンジンを添えた皿を運んできた。

それはまことに元気の出そうな一品で、脂肪のとろみと肉を浸す力強いソースとの相乗作用で、とても柔らかく、すみずみまで味がしみ込んでいた。

「いかがです、デュルタルさん、トラピスト修道院ではこんな肉はお食べにならなかったでしょ」パヴォワル夫人が言った。

「いや、これだけのものは、彼がほかのどんな修道院に行こうと、そうそう味わえるというものではありませんよ」プロン神父が念を押した。

「食べるまえにそう言われても、困ってしまいます。ごちそうを食べるときは余計なことなんか考えたくないですからね……何事にもタイミングというものがあるわけでして……」

ケンタウロスとセイレーン
（ベッセジュール修道院の柱頭）

「それで」とジェヴルザン神父が言葉を継いだ。「動物についてのアレゴリー研究を学会誌に送る決心はつきましたか。」

「はい。」

「だろうと思って、フィリオンとレゼートルによる専門的研究をもとに、聖書の翻訳者たちが犯したミス、つまり彼らは実在する動物に幻獣の名前をつけてしまったのですが、それを選び出しておきました」とプロン神父が言った。「これがまあその詮索の結果ですけどね。

聖書には神話上の動物というのはただの一頭も出てこないのです。ヘブライ語原文は、それをギリシャ語やラテン語に翻訳した者たちによって歪曲させられてしまったんですね。それで、「イザヤ書」や「ヨブ記」のいくつかの章におけるあの人を面食らわせるような摩訶不思議な動物誌は、なんのことはない、ふつうの生き物の一覧にすぎないわけなのです。

たとえば預言者が伝えるオノケンタウロスやセイレーンは、それらを示すヘブライ語にあたってみれば、ずばりジャッカルにほかなりません。ラミ、あの吸血鬼、半分ヘビで半分女というのはヴィーヴルと同じですが、実は夜の鳥、ミミズクかフクロウのことですし、サチュロス、ファウヌスといった

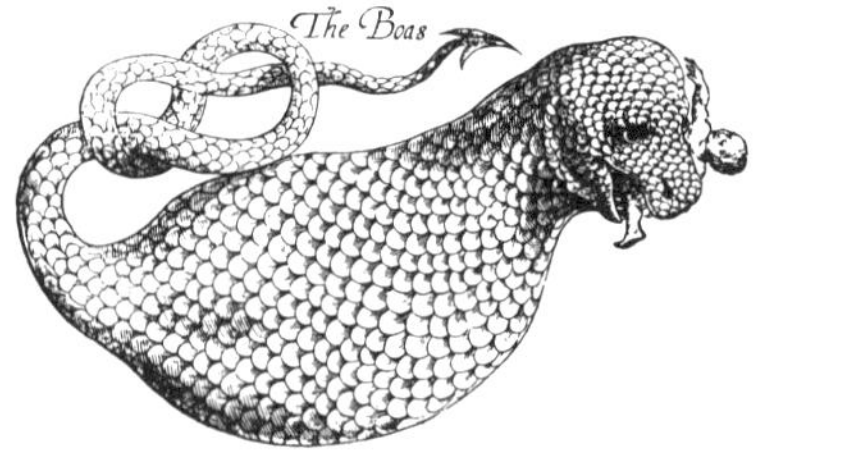

ボア

半獣神、ラテン語訳聖書に出てくるそれら毛むくじゃらの生き物は、結局のところ、野生の牡ヤギ、モーセの言語では「スキリム」と言うのですが、それにほかなりません。

　龍という名前で聖書のなかにたびたび出てくる獣は、ヘブライ語原文ではさまざまな言葉によって指示されていますが、ある所ではヘビとワニ、またべつの所ではジャッカルかクジラです。そしてかの名高い一角獣、聖書ではユニコーンですけど、あれは原始的なウシ、アッシリアの浅浮彫に彫られているオーロック以外のなにものでもありません。その種属はヨーロッパではほぼ絶滅してしまって、いまではリトアニアとコーカサスの奥地に追いやられていますが。」

「じゃあ、「ヨブ記」で言及されている巨獣べヘモや海獣レヴィアタンは？」

「べヘモという言葉はヘブライ語で「卓越」の複数形ですから、並はずれて巨大な獣、サイとかカバとかをあらわします。レヴィアタンについていえば、大きな爬虫類の一種、巨大なボアとかのことでしょう。」

「いやはや。想像的動物学もかたなしですね。あれ、この野菜は何ですか」

デュルタルが、草色のピュレを口にしながら言った。

「タンポポですよ、細かく刻んで煮て、ラードで和えました」とパヴォワル夫人は答えた。「お気に召していただけましたか。」

「ええ。このタンポポの、栽培のホウレンソウやチコリにまさること、カモのアヒルに、野ウサギの家ウサギにまさるがごとしですね。本当ですよ、菜園の野菜というのは味が薄くて力がなく、一方、伸び伸びと自然に育った野菜は味が濃くて苦みも強い。あなたが供してくれたのは、まあいうなればジビエ料理の野草版といったところですね、マダム・バヴォワル。」

「私の考えでは」とプロン神父が考えをめぐらしつつ言った。「私の考えでは、先日神秘象徴的フローラを対象に試みたようにですね、今度は動物によって構成される七大罪のリストが作成できるような気がするのですが。」

「もちろんです。しかも、わりと簡単にですよ。まず高慢ですが、これを代表するのは、ボーヴェのヴァンサンによれば、牡ウシ、クジャク、ライオン、ワシ、ウマ、ハクチョウ、そして野生のロバです。

吝嗇、これはオオカミと、テオバルトに従えばクモですね。色欲はといえば、牡ヤギ、ブタ、ヒキガエル、ロバ。ハエは、聖グレゴワール・ル・グランによれば、あたり構わず官能への欲望を描き出します。嫉妬は、ハイタカ、

カタツムリ
（C・ゲスナー『動物誌』）

ミミズク、フクロウ。大食は、ブタとイヌ。怒りは、ライオンとサル。それと、アダマンティウスによればヒョウ。怠惰は、ハゲワシ、カタツムリ、牝ロバ。それに、ラバン・モールの言うところに従えば、ラバ。

こうした悪徳に対して、つぎは美徳についてですが、謙虚さはウシとロバによってあらわされます。現世の富からの超脱は、瞑想生活の象徴であるペリカンによって。純潔はハトとゾウによって。もっとも、カプーのピエールのこの解釈は、ほかの神秘家たちによって否定されていますけどね。彼らは、ゾウを尊大だとあげつらって、「とてつもなく大きな罪びと」にしています。慈悲は、ヒバリとペリカンによって。節制は、ラクダですか。別の角度からみれば、「ガマル」という名の通り、とんでもない怒りをあらわしますが。用心は、ライオン、クジャク、それからヘラーデ女子修道院長とクレールヴォーの無名氏が引き合いに出しているアリ、そしてとりわけニワトリですね。聖ウーシェほかすべての象徴学者たちがその意味をあてています。

つけ加えれば、ハトは以上のような性質のすべてを一身にまとっています。美徳の総合といったところでしょうか。」

「ええ。ハトは仔ヒツジとともに、サタンから放っておかれたただひとつの

カラス（C・ゲスナー『動物誌』）

生き物です。相貌も変えられませんでした。ですから、嘆かわしい評判をとったことはただの一度もなかったのです」とジェヴルザン神父があとを継いで言った。

「ハトはまた、対立の法則に支配されず、いかなる悪徳の特徴記載とも無縁な色、それは白と青ですけど、それとも親和的な関係を分かち持っています」とデュルタルが応じた。

「ハトは」とバヴォワル夫人が、皿を変えながら頓狂な声を上げた。「ノアの方舟のお話でもすばらしい役割を演じていますでしょ。そうそう、デュルタルさん、マテル修道女さまのお話を伺わなければいけませんよ。」

「何とおっしゃっているんですか。」

「修道女さまのおっしゃるには、原罪が人間の本性のなかに罪とがの洪水を引き起こしましたときに、マリア様だけは父なる神のお力で免除されて、かけがえのないハトとして選ばれたのですよ。

さてそれから、魔王ルシフェルがカラスの姿を借りて自由意志の開き窓から方舟の外へと逃れました。すると、永劫にわたってマリア様をお持ちの神は、神の意志の窓を開いて、ご自分の懐から、つまり天の方舟からというこ

オオカミ（T・M・ハリス『聖書の博物誌』）

とですけど、純潔のハトを地上に遣わしたのです。ハトは地上で慈悲のオリーブの枝を拾い、人類全体のために神に捧げました。それから天の神に罪とがの洪水を収めてくださるように祈り、崇高なノアにお願いして、天上界の方舟から出てもらうようにしました。それでノアは、神とはいつまでも一緒で、その懐を離れることはないのですが、そういう絆を保ったまま、地上へとお出ましになったのでした……」

「かくして、聖言ハ肉ヲ得テ、我ラノ内ニ住ミ給フ、ですな」とジェヴルザン神父が締めくくった。

「それにしても、聖言がノアによって予示されるというのは、興味深いですねえ」とデュルタルが言った。

「動物たちはさらに聖人たちの図像においても使われていますね」とプロン神父は話を戻した。「私の記憶するかぎりでは、ロバを自分のしるしとしているのは、聖マルセル、聖クリゾトーム、聖ジェルマン、聖オベール、聖女フランソワーズ・ロメーヌ、ほかにもまだいますが。シカは、聖ユベール、聖リウール。ニワトリは、聖ランディ、聖ヴィット。カラスは、聖ブノワ、聖アポリネール、聖ヴァンサン、聖女イダ、聖エクスペディ。オオカミは、

シカ（T・M・ハリス『聖書の博物誌』）

聖ヴァースト、聖ノルベール、聖ルマクル、聖アルノー。またクモは、聖コンラッドとノールの聖フェリクスのしるしです。イヌは、聖ゴドフロワの、聖ベルナールの、聖ロックの、コルトンヌの聖女マルグリットの、そして聖ドミニックのしるし。この聖人の場合、イヌは口に燃える松明をくわえています。牝シカは、聖ジル、聖ルー、ブラバンの聖女ジュヌヴィエーヴ、聖マクシーム。ブタは、聖アントワーヌ。イルカは、聖アドリアン、聖リュシアン、聖バジール。ハクチョウは、聖グートベルト、聖ユーグ。ネズミは、聖ゴントラン、聖ゲルトリュード。ウシは、聖コルネイユ、聖ウスターシュ、聖オノレ、聖トマス・アクィナス、聖女ルシア、聖女ブランディーヌ、聖女ブリジット、聖シルヴェストル、聖セバルト、聖サチュルナン。ハトはというと、聖グレゴワール・ル・グラン、聖レミ、聖アンブロワーズ、聖イレール、聖女ウルスラ、聖女アルドゴンド、聖女スコラスティックのそれぞれしるしですが、この最後に挙げた聖女の場合は、その魂がハトの形をして天空に飛んでいったということです。

このリストはまだまだきりもなく増えつづけるかもしれません。デュルタルさん、あなたの研究では、聖人のこうした仲間たちについての言及はおあ

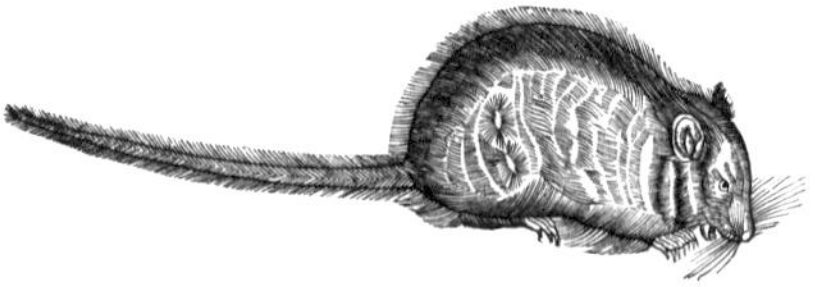
ネズミ（C・ゲスナー『動物誌』）

りなのでしょうか。」

「結局、いま挙げられたような聖人への動物の割り当てというのは、その大部分は象徴学にもとづくというより、物語や言い伝えによるものですよね。ですから、とくにそれにこだわるつもりはありません。」

しばしの沈黙があった。

それから突然、プロン神父が、同僚のジェヴルザン神父に目をやったあと、デュルタルの方を向いて言った。

「実は私、一週間後にソレームに行くんですけど、その大修道院長に、あなたを連れてくると約束してしまったんですよ。」

デュルタルがびっくりするのをみて、神父は笑みを浮かべた。

「いや別に」と神父は言った。「あなたをそこに置き去りにするわけではありませんよ。もっとも、もうシャルトルに戻りたくないということにでもなれば、話は別ですけど。私としてはただ、気楽に訪問していただきたいだけです。そうして余裕があれば、多少とも修道院の空気を吸ったりとか、ベネディクト会修道士たちと渡りをつけて、その生活にすこし触れたりとか……」

デュルタルはうろたえた様子で黙っていた。修道院に行って数日間過ごしてみてはという申し出は、もちろん他愛のないものではあるのだが、同時にしかし、突然彼のうちに、つぎのような何とも奇妙な考えを生じさせたのである。すなわち、もし申し出を引き受けたなら、自分は一か八かの賭に出て、決定的な一歩を踏み出してしまうにちがいない、神に対して、もうあれこれ迷わずに身を落ち着け、あなたのもとで生涯を終えますと、ある種の契約のようなものまで結んでしまうにちがいない。

不思議に思われたのは、そうした思いが是非もなく心を領してしまって、あれこれ考慮する余地を与えないばかりか、いつもながらの防御の手段を彼から奪い、彼を丸腰にして何やらわけのわからぬ衝動のままにつき動かすほどなのだが、そうしたいわれのない思いというのが、しかしソレームとは必ずしも結びつかず、ソレームでなければだめというわけではないということだ。隠棲の場所はさしあたりどこでもよい。問題はそういうことではないのだ。肝心な点は、自分はほんとうにわけのわからぬ衝動のままに流されてしまってよいのか、たしかとはいえ何やら形をなさぬ命令に従って、神にいわば手付金を払ってしまうようなことになってもよいのかということだ。神はそんなふうにして自分をせっついているようにみえるが、それ以上の説明はしようともせず、ひとり超然としたままだというのに。

彼は胸を締めつけられるような気がした。暗黙のうちに、何かただちに言葉を発さなければと促されているような感じである。

なんとか心を落ち着かせ、冷静に考えを整理しようとしたが、そうすればするほどかえって消耗したようになって、ついには、内なる失神というか、体は立ったままなのに、魂だけが疲労と不安とで次第に卒倒してゆくような感じに襲われた。

「とんでもない!」と彼は叫んだ。「とんでもない!」

「おやおや、どうかしましたか。」二人の神父が同時に声を上げた。

「失礼、なんでもありません。」

「どこかお具合でも?」

「いえ、なんでもありません。」

気詰まりな沈黙がしばしの間流れたが、デュルタルはそれを無性に破りたくなった。

「お二人は」と彼は言った。「亜酸化窒素を吸ったことがありますか。麻酔の効果があって、外科では短時間の手術によく使われるあのガスですよ。ない？　では説明しましょう。頭の中がぶんぶん唸り出して、どっと滝のような流れが出来たと思ったその瞬間に、意識を失うのです。私がいま味わったのもそういう状態です。ただ私の場合、かかる現象の起きたのが頭蓋内ではなく、魂の内部だったというわけでして、わが魂、ひ弱なものですから、すっかりうろたえてしまい、いまにも気を失いそうになったわけです。」

「私としては」とプロン神父が言葉を継いだ。「あなたがそんなふうに動転されているのは、まさかソレームを訪れることになったからではないと思いたいところですが。」

デュルタルは、本当のところを白状する気にはなれなかった。こんなおびえを告白したりしたら笑われてしまうのではないかと思ったのだ。で、はっきり答える代わりに、あいまいな身振りをして応じた。

「それに、どうしてためらうことがあるんですか。もろ手を広げて歓迎されることはまちがいないんですから。大修道院長はほんとうに人品のすぐれたお方で、おまけに、芸術への理解もあります。これはもう請け合ってもいいですけど、ほんとうに素朴かつ善良きわまる修道士ですよ、あのお人は。」

「でも、論文を書き上げなければなりませんから。」二人の神父はともに笑い出した。「ですから、むこうで一週間もその論文が書けるんですよ。」

「でも、せっかく修道院に行くのなら、私がいま暮らしているこのゆるみきった状態を、まずなんとかしなければと思うんです」とデュルタルは苦しまぎれに言った。

「聖人たちだって、いつもいつも完璧に心身を持しているわけではありませんよ」とジェヴルザン神父が応じた。「その証拠に、タウラーが語っているある僧侶の話があるんですけど、彼は、五月に独居房から出るときには、田園の風景が目に入らないようにと、僧衣のフードを頭からすっぽりかぶって、いやが応でも魂をみつめるほかなくなるような状態にしていました。」

「いいですかデュルタルさん」とパヴォワル夫人も追い打ちをかけた。「心優しきイエス様というお方は、ジャンヌ様もおっしゃっていましたが、いつだって私たちの心の戸口にもたれて憔悴していらっしゃるのですよ。さあさあ、お願いですから、イエス様のために戸を開けてお上げなさいな。」

デュルタルは結局、窮地に追い込まれたようになって、一同の希望を受け入れることにした。だが、そうはしたものの、顔はあまりうれしそうではなかった。こうした同意は、彼の側からすれば、それだけでもうぼんやりとなが ら神との約束をしてしまったようなものだという、あの度しがたい考えを追いやることは、ついにできなかったのである。

作者ユイスマンスについて

　ジョリ＝カルル・ユイスマンスは、一八四八年パリに生まれた。家系は画家なども輩出したフラマン系である。聖ルイ高校を卒業したあと、内務省に入り、小官吏として晩年まで勤務した。小説家としては、処女作『マルト』（一八七六）をゾラに認められ、自然主義作家として出発する。同派のマニフェスト的な作品集『メダンの夕べ』には、反戦的な主題を扱った『背嚢をになって』（一八八〇）を発表している。しかしユイスマンスの名が高まるのは、皮肉にも流派からの逸脱だとゾラから非難された小説『さかしま』（一八八四）によってである。のちにデカダンスの代名詞ともなる主人公デゼッサントは、古い貴族の末裔で美的感覚のみ鋭い。そんな彼が金にあかしてパリ郊外に実現する、何もかも現実とは「さかしま」な驚くべき人工美の世界。たしかにそれは、ボードレールのあの人工楽園の実践ともいえる頽廃耽美の世界だが、そうした主人公を通して追求される人間嫌悪の悲観主義は、むしろ初期から一貫しているともいえる。ちなみに、詩人マラルメの名が一般に知られるようになったのも、この小説がきっかけであった。

自然主義を離れたユイスマンスの変貌はその後もつづく。デュルタルというう同一人物を主人公とする一連の作品において、過激カトリックともいうべき神秘主義への道が描き出されるのである。一八九一年に発表された『彼方』における黒ミサ崇拝がその第一歩。つづく『出発』（一八九五）ではカトリックへの回心が語られ、そして本書がその一部をなす『大伽藍』（一八九八）では、主人公デュルタルの、シャルトル大聖堂の美への狂おしいまでの傾倒が描かれる。『大伽藍』以降も、『修練者』（一九〇三）『ルルドの群集』（一九〇四）と激越な宗教文学が展開されるが、細部にまで行き渡る描写の徹底性という点では、最後まで自然主義的であった。一九〇七年没。

訳者あとがき

「はじめに」でも述べたように、本書の意図は、ユイスマンスの『大伽藍』からその十章と十四章を訳出し、網羅的なキリスト教動植物誌として読者に提供しようとするものである。タイトルの『神の植物・神の動物』は、もちろんユイスマンスの命名ではないが、意のあるところを汲み取っていただければと思う。日本にあまり類書はないと思われるので、動植物に関心のある人はもとより、文学研究や比較文化研究などさまざまな分野で参照していただけるのではないだろうか。

私の専門はユイスマンスとほぼ同時代のフランス近代詩であるが、たとえば過激な詩人として知られるロートレアモンの『マルドロールの歌』において、神との闘争という主題の諸局面であらわれるさまざまな動物も、このキリスト教的動物誌を背景に考えるとわかりやすい。またたとえば、天才少年詩人ランボーがあれほど激しくキリスト教を攻撃してアフリカへと去った同じ時代に、そのキリスト教を神秘主義的に掘り下げつつ中世という文化の古層に降りていったユイスマンスのような作家がいたのかと思うと、興味が尽きない。水平（ランボー）と垂直（ユイスマンス）と方向こそちがえ、それらは同じ逃走の線ではなかったのか。

それにしても、本書を通じて読者は、ユイスマンスの生来の偏執癖もさることながら、洋の東西でいかに動植物の捉え方がちがうかを知らされて驚かれることであろう。自然と共生し、生きとし生けるものを憐れむ東洋的仏教的な世界観からすれば、動植物界を徹底した善悪の二元論によって選り分け、神と悪魔の象徴体系に仕立て上げようとする中世キリスト教の世界観は、ともすれば酷薄に思えてくる。しかしそれも畢竟するところ、文化の差異というほかなく、驚き以外の感情の発動は控えるべきであろう。森羅万象を象徴として捉えるそうした世界観の基盤がなければ、たとえばボードレールの、「自然は神の宮にして　生ある柱／捉へがたなき言葉を折ふし洩らし、／人、象徴の森を経て此処過ぎゆけば、／森、睦まじき眼差もて人を見守る」（「万物照応」、斉藤磯雄訳）というような美しい詩句も生まれ得なかったのである。

なお、訳出を慫慂されたのは、もう二十年来の知遇をいただいている作家の出口裕弘氏である。「はじめに」でもふれたが、氏には『大伽藍』の抄訳がある。そのまさしく大伽藍を思わせる堅牢にして華麗な訳文には及ぶべくもないが、もともと動植物関係の記述にふれるのは好きで、分量もさして多くなく、楽しい仕事であった。また八坂書房の八坂安守氏には、動植物の名称の照合や図版の収集をはじめ、全面的なバックアップをいただいた。お二人の名を記して、深謝の意を表したい。

二〇〇三年一月

野村喜和夫

索引 A（植物）

索引 B（動物）

索引 C（人名）

アウグスティヌス（354-430）　103
アダマンティウス（4世紀前半）　103, 115, 117, 119, 138
アドリアン（ハドリアヌス, 290頃没）　141
アポリネール（ラヴェンナのアポリナリス, 75頃没）　140
アルテミドロス（2世紀後半）　49
アルドゴンド（694没）　141
アルノー　141
アルベール・ル・グラン（アルベルトゥス・マグヌス, 1193頃-1280）　50, 51, 106, 132
アンセルモ（アンセルムス, 1033-1109）　100
アントワーヌ（大アントニウス, 251頃-356頃）　141
——, パドゥの（パドヴァのアントニウス, 1195-1231）　113
アンヌ（アンナ）　78
アンブロワーズ（アンブロシウス, 333頃-97）　79, 99, 111, 141
イヴ（イヴォ）, シャルトルの（1040頃-1115）　97, 101
イシドロ（イシドルス）, セビリアの（560頃-636）　95, 100, 103, 104, 110, 132
イダ（トッゲンブルクの, 12/14世紀）　140
イルドフォンス（トレドの, 607頃-667）　82
イレール（ヒラリウス, 310-67）　103, 141
ヴァースト　141
ヴァンサン（ヴィンケンティウス, サラゴーサの, 303/4没）　140
——（ボーヴェの, 1190頃-1264頃）　104, 111, 137
ヴィグルー, F.G.（1837-1915）　66
ヴィット（ウィトゥス, 4世紀前半）　140
ウーシェ（リヨンのエウケリウス, 449/450没）　60, 68, 77, 97
ウスターシュ（エウスタキウス, 3世紀）　141
ウルスラ（238没）　141
エクスペディ（エクスペディトゥス）　140
エティエンヌ（ステパノ）　78
——（ミュレの, 1045-1124）　122
エピファーネ（サラミスのエピファニオス, 315頃-403）　101, 103, 104, 132
エメリク（アンナ・カタリーナ・エメリヒ, 1774-1824）　69, 81, 83

エリーザベト，ロイテの（福者ベト，1386-1420）　128
オノレ（ホノリウス）　141
オノレ・ル・ソリテール（ホノリウス・アウグストドゥネンシス，1080頃-1156）　57
オベール（アヴラーンシュの，725頃没）　140
オメール（テルアンヌの，670頃没）　122
オリエ，J.-J.（1608-1657）　75，122
オリゲネス（185/6-254/5）　68

カシオドロ（カッシオドルス，477頃-570頃）　116
カジュタン（カイェタヌス，ティエネ，1480-1547）　123
カトリーヌ，リッキ（リッチ）の（1522-1590）　123
ギョーム，ノルマンディーの　132
グートベルト（クスベルト，635-687）　141
クリスティーヌ，シュタムベーレの（シュトムメルンのクリスティーネ，1242-1312）　124～128
クリゾトーム（ヨアンネス・クリュソソトモス，347頃-407）　140
グレゴワール・ル・グラン（大グレゴリウス，540頃-604）　58，68，117，137，141
ゲランジェ，P.L.P.（1805-75）　42
ケルスタニュス（クエルシタヌス，1584-1640）　131
ゲルトリュード（エヴェルのゲルトルーディス，626-653/9）　141
ゴーティエ，メッスの　132
ゴドフロワ　141
コルネイユ（コルネリウス，教皇，位251-253）　141
コロンバン（コルンバヌス，543-615頃）　88～89
ゴントラン　141
コンラッド　141

サチュルナン（トゥールーズのサトゥルニヌス，250頃没）　141
サンドゥール，マクリミリアン（サンダエウス・マクシミリアヌス，1578-1656）　76
ジェルマン（ゲルマヌス）　140
ジェローム（ヒエロニムス，340/50-419/20）　76，116
シャルルマーニュ（742-814）　131
ジャンヌ・ド・マテル（1596-1670）　84，122，139，146

ジュールダン（ヨルダン），ザクセンの（1237没）　130
ジュヌヴィエーヴ（ゲノヴェーヴァ），ブラバンの　141
ジョゼフ, クペルチーノの（ジュゼッペ・ダ・コペルティーノ, 1603-1663）　123
ジョルジュ（ゲオルギウス, 303頃没）　77, 81
ジル　141
シルヴェストル（シルヴェステル, 教皇, 位314-335）　141
スコラスティック（スコラスティカ, 480頃-542頃）　141
セバルト（セバルドゥス, 1072没）　141

テオドレ（キュロスのテオドレトゥス, 393頃-458頃）　76
テオバルド　99, 137
テオフラストス（前372/69-288/5）　60
デュラン・ド・マンド（メンドのドゥランドゥス, 1230/37-96）　57, 82
テレジア（アビラのテレサ, 1515-1582）　116, 123
トマ・ド・カタンプレ（カンタンプレーのトマス, 1200頃-1270頃）　114
トマス・アクィナス（1225-74）　50, 123, 129, 141
ドミニック（ドミニクス），グスマンの（1170頃-1221）　130, 140
トレヴェレス　123

ネリ, フィリポ（1515-95）　122
ノルベール（クサンテンのノルベルトゥス, 1080頃-1134）　141

パウロ（使徒）　103
パコーム（パコミウス, 290頃-34）　114, 118
バジール（バシレイオス）　141
パテルニアン（パテルニアヌス, 340頃没）　122
バルテルミー, グランヴィルの（バルトロマエウス・アングリクス, 1250以降没）　132
バルブ（バルバラ, 238頃-306頃）　78
ピエール・ド・カプー（ペトルス・カプアヌス, 1214没）　59, 60, 62, 64, 68, 79, 98, 117, 119, 138
――, ダシエの（ダキアのペトルス, 1235頃-1289）　124, 126, 127
――, ブレシュイールの（ペトルス・ベルコリウス, 1362没）　132
ヒルデガルト（ビンゲンの, 1098-1179）　42, 55, 56, 70, 99, 116
ヒルデベルト（ラヴァルダンのヒルデベルトゥス, 1056頃-1133）　132

フィアークル（フィアクリウス, 670頃没） 78
フィリップ, タンの 132
フェリクス, ノール（ノラ）の（260頃没） 141
ブノワ（ベネディクトゥス, 480頃-543） 44, 71, 140
フランソワーズ・ロメーヌ（ローマのフランチェスカ, 1384-1440） 140
フランソワ・オランプ 122
フランチェスコ, ポーレ（パオラ）の（1416-1507） 123
ブランディーヌ（ブランディナ, 177没） 141
ブリジット（ブリギッド, 453頃-524頃） 141
ブリュノン（ブルーノ）, アスティの（1040/49-1123） 98, 100, 103
ペテロ（使徒） 75
ペトルス・カントール（1197没） 67, 104, 117, 118
ベルナール（クレルヴォーのベルナルドゥス, 1090-1153） 76, 141
ボエース（ボエティウス, 480-524） 93
ポルタル, フレデリック・ 133

マクシーム（トリーアのマクシミウス, 346/352没） 141
マクシミリアン・サンドゥール 76
マケール・フロリドゥス（オド・マグドゥネンシス, 11世紀前半） 49
マタイ（福音史家） 80～82, 101
マドレーヌ, パッツィの（マリーア・マッダレーナ・ディ・パッツィ, 1566-1607） 105, 113, 122
マルグリット, コルトンヌの（コルトーナのマルゲリータ, 1249頃-1297） 141
マルコ（福音史家） 81, 101
マルセル（マルケルス, 298頃没） 140
メクチルド（ハックボルンのメヒトヒルト, 1241-99） 64, 67, 84, 114
メトード（オリュンポスのメトディオス, 300/311頃没） 67, 76
メリトン（サルディスの, 190頃没） 59, 60, 75, 77, 82, 98, 114, 117, 118

ユーグ（フーゴ）, サンヴィクトールの（1096-1141） 99, 100, 111, 114, 115, 117, 118, 132
——（リンカンの, 1140-1200） 141
ユベール（マーストリヒトのフベルトゥス, 655頃-727） 140
ヨハネ（洗礼者） 74
ヨハネ（福音史家） 80, 101

ラバン・モール（ラバヌス・マウルス　780頃-856）　60, 63, 77, 97, 98, 103, 114, 118, 138
ランディ　140
リウール　140
リシャール（リカルドゥス），サンヴィクトールの（1173没）　93
——, フルニヴァルの（1201-1260）　132
リドヴィーネ（スピーダムのリドヴィナ, 1380-1433）　123
リュシアン（アンティオキアのルキアノス, 240-312）　141
ルー　141
ルカ（福音史家）　81, 101
ルシア（ルチア, 304没）　141
ルマクル（レマクルス, 670/6没）　141
レミ（ランスのレミギウス, 437/8-535頃）　141
ローザ, ヴィテルブ（ヴィテルボ）の（1235-1252）　123
ロック（ロクス, 1350頃-1378/9頃）　78, 141
ワラフリド・ストラーボ（808頃-849）　59

[著者]

ジョリ=カルル・ユイスマンス（Joris-Karl Huysmans）
1848年パリ生まれ。聖ルイ高校を卒業したあと、内務省に入り小官吏として晩年まで勤務しながら文筆活動を続ける。本書がその一部をなす『大伽藍』は1898年作。『出発』（1895）、『修練者』（1903）とともにカトリシスム三部作として発表された。1907年没。
他の主な著作：『マルト』（1876）『さかしま』（1884）『彼方』（1891）『ルルドの群集』（1909）

[訳者]

野村喜和夫（のむら きわお）

1951年埼玉県生まれ。詩人。詩集『特性のない陽のもとに』で歴程新鋭賞、詩集『風の配分』で高見順賞。『ランボー・横断する詩学』『海外詩文庫・ヴェルレーヌ詩集』など、フランス文学関係の著作や翻訳でも知られる。

神の植物・神の動物

2003年2月24日　初版第1刷発行

訳　者　野村喜和夫
発行者　八坂立人
印刷・製本　モリモト印刷（株）

発行所　（株）八坂書房
〒101-0064　東京都千代田区猿楽町1-4-11
TEL.03-3293-7975　FAX.03-3293-7977
郵便振替口座　00150-8-33915

ISBN 4-89694-813-0